내게 남은 스물다섯 번의 계절

25 LETZTE SOMMER

Copyright © 2024 by Ullstein Buchverlage GmbH, Berlin.

Original german language edition published in 2024 by park x ullstein.
All rights reserved.
Korean edition copyright © 2025 by SEOSAMDOK Co., Ltd.
The Korean translation rights arranged with Ullstein Buchverlage GmbH
through MOMO Agency.

이 책의 한국어판 저작권은 MOMO에이전시를 통해
Ullstein Buchverlage GmbH와 독점 계약한 서삼독이 소유합니다.
저작권법에 의하여 한국 내에서 보호를 받는 저작물이므로
무단 전재 및 복제를 금합니다.

내게 남은
스물다섯 번의
계절

슈테판 셰퍼 소설
전은경 옮김

서三삼독

《내게 남은 스물다섯 번의 계절》에 쏟아진 극찬

최근 나는 책을 아주 많이 출간했습니다. 그러면서 여러 가지를 알게 되었는데, 후기 근대에서 현대로 오면서 시와 소설의 볼륨이 기존과 반대로 간다는 것, 말하자면 시집이 점점 두꺼워지고 소설이 점점 얇아진다는 사실이었습니다.

그러던 차에 출판사에서 소설 추천의 글을 요청해 왔습니다. 내가 시를 써온 사람이라는 걸 알 텐데 의아했지만 원고를 읽으면서 대번에 아, 그래서였구나, 이유를 알게 되었습니다. 매우 시적인 문장으로 구성된 소설이었던 것입니다. 더구나 나도 당면한 이야기, 현대사회를 살아가며 부닥친 여러 복잡한 정신적 문제였습니다.

이 소설은 얇지만 충분히 아름답고 충분히 숙성된 마음의 집을 짓고 우리를 기다리고 있습니다. 전개가 궁금하기보다는 문장의 발걸음에 따라 마음이 조금씩 안정되는 신비한 체험을 하게 될 것입니다. 이 책은 소설이지만 궁극에는 시이기 때문입니다.

— **나태주**(시인)

완전히 낯선 길을 걸어본 때가 언제였더라. 우리 손에 들린 스마트폰은 새로운 메시지와 이메일, 뉴스뿐만 아니라 가야 할 경로를 실시간으로 알려준다. 덕분에 우리는 끝없이 연결되고 목적

지까지 이르는 최단 거리를 찾아내지만, 막상 삶이 어디로 가는지 자꾸 잊어버린다. 우연히 조우한 생기 넘치는 이웃, 느리게 가는 트랙터, 정제당이나 스테비아 따위를 셈하지 않는 풍성한 식사, 책 먼지 냄새가 나는 서재, 달콤한 낮잠, 감자가 자라는 밭……. 이렇게 뻔한 안온함이 그리울 때가 있다. 그리고 평화의 시간은 상처를 털어내고 삶을 다시 조명할 정도로 강력하다. 오히려 길을 잃어야만 발견할 수 있는 내면의 질서란!

— **남궁인**(의사, 작가)

"나는 이미 나 자신이 누군가가 샤워 후에 실수로 탈의실에 두고 간 수건처럼 느껴진 지 오래였다." 이 문장은, 우리가 얼마나 자주 스스로를 잊고 살아가는지를 아프게 건드린다. 《내게 남은 스물다섯 번의 계절》은 그 잊히고 상처받은 마음에 따뜻한 숨결을 불어 넣는 소설이다. 조용한 호숫가의 대화, 낯선 이의 다정한 초대, 감자밭의 흙내음 속에서 우리는 잊고 있던 삶의 온도를 되찾는다. 이 책은 고단한 세상에 무너진 우리의 마음을 말없이 다정하게 일으켜 세우는, 작지만 깊은 위로의 기록이다.

— **유성호**(법의학자, 작가)

1

5시 12분. 나는 매일 아침 같은 시각에 깼다. 몇 달 전부터 그랬다. 무슨 요일이든, 몇 시에 잠자리에 들었든, 어떤 수면용 차를 마셨든 한결같았다. 6월의 그 토요일에도 똑같았다. 나는 혼자 시골로 내려갔다. 아내는 연수를 받으러 갔고 아이들은 친구들과 여행을 갔다. 우리 가족은 원래 별일 없는 주말이면 시골의 자그마한 별장에서 함께 시간을 보내곤 했다. 별장은 집에서 한 시간 남짓 걸리는 무척 좋은 곳에 있었다. 별장 정원에는 커다란 보리수나무와 오래된 온실이 있었는데,

우린 거기서 제대로는 아니더라도 토마토와 당근, 호박과 청둥호박을 그럭저럭 키워 냈다. 이웃집과 이어진 울타리에서 수확한 딸기 종류는 잼으로 만들었다. 내가 직접 만든 나무 그네가 나뭇가지에 약간 삐뚜름하게 매달려 있고, 풀이 높다랗게 자라고, 여기저기서 들꽃이 제멋대로 피어났다. 전국 정원 박람회보다는 야생에 가까운 모습이었다.

우리 가족은 도시와 시골이 조화롭게 어우러지고 활기와 정적이 교대로 넘나드는 그곳을 사랑했다. 우리 넷은 이곳이 우리 삶의 리듬이자 우리 가족의 토대, 피난처이자 우리가 빌릴 수 있는 가장 큰 행복이라는 데 의견을 같이했다.

그럼에도 그때 내 균형은 어딘지 모르게 흐트러져 있었다. 주말이면 자연으로 도망칠 수 있다는 건 특권이었지만, 오늘처럼 이곳에서조차 평안을 찾지 못하는 때가 많았다. 나는 마음이 평온해지는 일이 드물었고 그조차 대개 몇 분 가지 않았다. 눈에 보이지 않더라도 언제나 일 생각이 머릿속을 차지하고 있어서 마음이 고요한 적이 없기 때문이었다. 예전에는 하루 종일 빈둥거리며 아무것도 하지 않는 시간을 행복하게 여겼는데, 경력이 쌓이고 휴대폰을 신형으로 바꿀 때마다 나는 점점 더 어디서나 연락이 닿고 매사에 이용 가능한 사람으로 변해 갔다.

내 주변 많은 이들이 나와 같은 상황이었다. 어떤 친구들은 생각이 많은 나머지 잠이 오지 않아서 오밤중에 소설을 반 권이나 읽는다고 말하곤 했다. 또 어떤 이들은 밤잠을 설치다가 자정이 훨씬 넘은 시각에 일어나 앉아 이메일을 쓰거나 새벽에 운동을 하며 짐스러운 일상에서 벗어나려고 애썼다.

나는 그 토요일 아침에 세 번째 방법을 택해 운동화를 신고 꼭두새벽부터 별장에서 출발했다. 일하는 날에는 매일 열 시간에서 열두 시간, 또는 더 오랫동안 사무실 컴퓨터나 운전대 앞에 앉아 있거나 기차를 타고 가면서, 풀어야 할 문제들로 머릿속이 가득한 채 에어컨 바람을 쐬며 속도를 줄이고 신선한 공기와 내면의 균형을 되찾고 싶어 했다. 그날 아침 공기가 얼마나 맑고 사위가 고요했는지, 떠오르는 태양을 내가 얼마나 의식적으로 만끽했는지, 나를 에워싼 아름다움을 얼마나 속속들이 누리려 했는지, 몸뿐 아니라 마음도 얼마나 진정으로 그곳에 있으려고 애썼는지 지금도 기억한다.

모든 것이 거기 있었다. 이른 아침 초록 풀밭에 내려앉은 이슬, 지빠귀의 노래, 발밑의 부드러운 숲 바닥. 하지만 나와 세상 사이에 존재하는 유리로 된 벽도 느껴졌다.

나는 걸음을 옮길 때마다 자연과 동경하던 가벼움이 아니라 마음속 책상에 더 가까워졌다. 다음 주 화요일에 열릴 회의와 금요일인 어제 한 논의, 아침을 먹자마자 누구에게 이메일을 써야 하는지, 그런 다음 또 누구에게 전화를 걸어야 하는지 등 온갖 생각이 도처에 널려 있었다. 고모의 생일 선물로 뭐가 적당할까 고민하고 주문하는 일도 물론 할 일 목록에 포함되어 있었다.

언제나 뭔가 해야 할 일이 있다. 마치 인생이라는 게 살아가는 게 아니라 끝내야 할 일들을 처리하는 것이라는 듯이.

우연히 누군가를 만나는 일도, 어디서 길을 꺾었는지 기억해 두는 일도 없이 30분쯤 걸었다. 하지만 답답하고 부담스러운 한 가지 사실만 확실해졌다. 살면서 어디선가 길을 잘못 꺾었고, 영혼의 나침반을 잃었다는 느낌이 바로 그것이었다. 몇 년 전만 해도 나는 행복하고 자유로웠고, 사생활에서든 직업에서든 내가 하는 일을 사랑했었다. 그러나 해가 지날수록 의무는 점점 더 많아지고 자유는 점점 줄었다. 나도 모르는 사이에 점차 그렇게 되어 있었다. 나는 일과 인정 욕구, 돈 벌이를 삶의 중심에 두는 데 최적화된 사람이 되어 갔다. 나 자신에게 엄격해지고 만족하는 일이 드물어졌으며, 매사에 느긋하지 못하고 단호해졌다. 마감 시각, 그리고 다른 사람과 나 자신의 기대에 쫓겨 살았다. 가진 것이 아니라 갖지 못한 것을 원했다. 이날 아침 나는 일찍 일어나서 벌레를 잡는 행복한 새가 아니라, 새장에 갇혀 골똘히 생각에 잠긴 지친 참새였다. 옳게 가고 있는 것 같지도 않고 행복하지도 않은 기분이었다. 이건 원래의 내 모습이 아니었고, 되고자 하는 모습은 더더욱 아니었다.

정처 없이 숲속을 터덜터덜 걸으면서 며칠 전 읽은 글을 떠올렸다. 그 글은 지친 사람의 뇌에서는 생각이 늘 같은 경로를 맴도는데, 그 악순환을 깨야 한다고 했다. 그러므로 가끔은 반드시 뭔가 특별한 일을 해야 한다는 것이다. 나는 그런 일이 뭐가 있을까 잠시 고민했다. 그러자 숲과 우리 가족 별장 사이에 있는 조용한 호수가 떠올랐다. 평소엔 그냥 지나쳤을 뿐, 그곳에서 아침 일찍 수영할 생각은 해본 적이 없었다. 수영복도 수건도 없고 물도 너무 차가웠다. 하지만 그게 일상에서 벗어나게 해주는 소소한 모험이 될 수 있겠다는 생각이 들었다. 어린 시절 야외 수영장에서, 나를 둘러싸고 있는 무엇도 더는 보고 듣고 느끼고 싶지 않을 때 어떻게 했는지가 기억났다. 물속을 일직선으로 내려가면 주변이 먹먹하고 흐릿해지고, 깊이 내려갈수록 세상은 더 멀어졌다. 더는 숨을 참지 못하게 되면 물방울 몇 개를 보글보글 뱉고는 수면으로 다시 헤엄쳐 돌아오곤 했다.

그냥 잠수했던 것이다.

그 생각은 매혹적이었다.

나는 호수 쪽으로 방향을 잡았다.

2

 조붓한 오솔길이 나를 아래쪽 호숫가로 곧장 이끌었다. 호수는 평화 그 자체였고, 오리나무 가지들이 갈대숲에서 아직 잠들어 있었다. 나는 누군가가 손수 만든 나무 벤치 옆에 멈춰 섰다. 벤치는 나무 그루터기 두 개와 널빤지 하나로 만들어져 있었다. 이 얼마나 평화롭고 아름다운 곳인가. 자연의 언어에는 통역자도, 사용설명서도 필요하지 않다. 나는 숨을 깊게 들이쉬었다가 천천히 내쉬었다.
 이 목가적인 풍경이 사무실보다 훨씬 좋다고 생각하고 있

는데, 뭔가가 꺾이는 소리가 나는 바람에 소스라치게 놀라 몸을 돌렸다. 호수에서 막 나왔는지 온몸이 젖어 있고, 무엇보다도 완전히 발가벗은 어떤 남자가 덤불에서 나오더니 나에게 다가왔다. 키가 크고 호리호리하며 꼿꼿한 체격, 붉은 코와 숱 많은 잿빛 머리카락, 장난기 가득한 눈과 사랑스러운 미소. 60대 중반으로 보였다. "아이고, 당신도 침대에서 굴러떨어졌나요?* 아주 일찍 일어나셨군요." 그가 젖은 얼굴로 물었다.

"아니요, 인생에서 굴러떨어졌답니다." 내 입에서 이런 말이 방울방울 떨어졌다. 그때 내가 왜 그런 충동적인 대답을 했는지 지금까지도 수수께끼다. 평소 덤불 속에서 나타난 낯선 사람에게 대뜸 마음을 털어놓는 일은 내 특기가 아니었기 때문이다. 나는 나 자신과 다른 사람 모두에게 조심스럽게 숨기고 있던 사실을 그 순간 갑자기 보호막도 없이 솔직하게 밝혀 버린 것이다.

상대방에게 그 말은 대화 초대장으로 보였던 모양이다. "나

---

* aus dem Bett fallen. 침대에서 굴러떨어졌다는 뜻이지만 보통 일찍 일어났다는 뜻의 관용구로 쓰인다.

는 카를이에요." 그가 나무에 기대 둔 자전거로 가더니 짐 받침대에서 수건을 집어 들고 몸을 닦았다. "우리 여기서 만난 적 없는 것 같은데, 맞나요?" 그가 물었다.

"네, 없을 겁니다." 내가 대답했다.

"만나서 반가워요." 카를이 말했다.

그의 목소리가 얼마나 다정하게 들렸는지, 내가 그의 눈길을 얼마나 세심하게 마주했는지, 그의 열린 태도가 얼마나 매혹적이라고 생각했는지 지금도 기억한다. 우리의 대화가 그냥 그대로 끝나 버리지 않아서 놀랍기도 했다.

늦어도 이때쯤이면 다들 "그럼 주말 잘 보내세요"라고 인사한 다음 더 이상의 대화 없이 자전거를 타고 사라졌을 텐데, 카를은 내게 계속 흥미를 보였다. "어쩌다가 여기서 한 번도 수영하지 않으셨어요? 물이 아주 맑고, 아주 시원하고, 기분이 아주 좋아지는데 말이에요. 난 매일 223번씩 팔을 휘저어요. 부활절부터 11월까지요."

"그러게요. 왜 안 했는지 정확한 이유는 저도 모르겠네요." 나는 이렇게 대답하고는 실제로도 좀 당황했다. "그냥 기회가 없었던 거 아닐까요?"

카를이 흥겹게 말했다. "흠, 그렇다면 지금 당장 물에 들어가 보세요! 제 수건을 빌려드릴게요." 그냥 물에 들어가라.

나는 잠시 망설이다가 옷을 벗고 호수에 들어가는 곳으로 내려갔다. 그러고는 조심스럽게 한 걸음 한 걸음 발끝을 담갔는데, 호숫가가 미끄러워서 덤불을 꽉 움켜잡아야 했다. 내 위에서 푸른색 빛을 내며 날아다니는 잠자리를 구조대원 삼아 천천히 호수에 들어가 팔을 몇 번 뻗어 헤엄쳤다. 기분이 아주 좋아지고 무척 단순해졌다. 맑은 호수, 팔을 뻗을 때마다 나를 짓누르는 부담에서 조금씩 멀어지는 이 느낌. 그 순간에는 모든 짐을 뭍에 내려 둘 수 있었다.

오랜만에 나를 위해 한 가장 자유로운 행동이었다. 작은 물고기 떼가 나를 피해 갈대숲으로 도망쳤다.

나는 심호흡을 하고 잠수했다.

다시 호숫가로 돌아온 나는 흠뻑 젖은 강아지처럼 몸을 털고 싶었다. 내가 청하기도 전에 카를이 수건을 건네주며 한마디를 했다. "어땠어요?" 그는 이미 내 대답을 알고 있는 듯했다.

"굉장하네요!" 내 입에서 대답이 튀어 나갔다. 우리는 호수를 함께 바라보며 감탄했다. 물이 맑게 빛나는 곳이었다. 호수는 삶을 향한 사랑 고백 같았다. 호수는 심리치료사였다. "왜 진즉에 여기서 수영해 보지 않았는지 의아할 정도예요."

카를은 생각에 잠긴 얼굴로 나를 바라보다가 말했다. "스스로에게 좋은 게 무엇인지 이따금 잊어버리기도 하죠. 하지만 난 한 가지는 정확하게 알아요. 수영을 끝내고 마시는 커피 한 잔이 하루 중에 가장 멋지다는 사실을요. 당신을 우리 집에 초대하고 싶어요. 여기서 아주 가까워요."

여름의 어느 토요일, 나는 지금까지 일면식도 없던 사람의 집에 초대를 받았다. 친절하게 거절하기에 합당한 이유가 천 가지는 있었다. 아침을 먹고 나서 써야 하는 이메일, 장을 봐야 한다는 것, 이 남자를 전혀 모른다는 사실. 하지만 내 대답은 달랐다. 내 입에서 망설임 없이 대답이 나왔다. 나는 그저 이렇게 말했다. "네, 좋습니다. 주소를 주세요. 얼른 집에 가서 옷을 갈아입고 갈게요."

함께 도로 쪽으로 돌아가는데 카를이 갑자기 몸을 돌렸다. 그러고는 몸을 숙이더니 땅에서 나무토막 두어 개와 돌을 주워 와 나무 벤치 위에 웃는 얼굴 모양을 만들어 놓았다. 그런 행동은 대개 어린이들만 한다. "누군가가 또 이곳에 온다면 우리처럼 아름답게 하루를 시작할 수 있겠죠." 그가 말했다.

3

45분 뒤 나는 집에서 카를의 농장 진입로 쪽으로 핸들을 틀었다. 집에 도착해서 처음에는 카를을 너무 오래 기다리게 하지 않으려고 서둘렀다. 그러다가 샤워를 하면서 내가 얼마나 별생각 없이 약속을 해버렸는지 서서히 깨달았다. 그날은 오전에 처리해야 할 다른 일들이 많았다. 장보기, 친구와 가족에게 이런저런 전화 하기, 쌓여 있는 고지서 대금 이체. 할 일 목록이 정말 끝이 없었다. 그런데 아무 생각 없이 낯선 사람과 커피 약속을 잡다니. 하지만 이성적으로 생각하면 지금은 선택의 여지가 없었다. 어차피 카를의 전화번호를 모르니 이제 와서 약속을 취소할 수도 없다. 나는 처리해야 할 다른 일들보다 카를과의 약속에 더 큰 의무감을 느꼈다. 오후에 그 일들을 충분히 할 수 있을 거라고 스스로를 안심시킨 뒤 열쇠를 들고 현관문을 닫고서 출발했다.

자갈길, 노란 벽돌로 지은 오래된 농가, 그 농가 양쪽에 딸린 커다란 헛간, 작은 승마장, 향기를 내뿜는 보라와 하양과 파랑 라일락. 술래잡기하는 아이들 무리, 아이슬란드 토종말처럼 엇박자로 뛰는 말 두 마리, 밭으로 가서 일하기 전 짚 더미 뒤에 숨어 있는 녹슨 쟁기. 활기차고 쾌적한 전원, 목가적인 혼잡과 공생의 풍경이었다.

처음 든 생각은 여기 와서 기쁘다는 것이었다. 자전거를 타고 왔더라면 좋았을 거라는 생각은 그다음에 들었다. 살짝 당황스러운 마음으로 빨간 트랙터 옆에 주차했다. 카를이 양팔을 활짝 벌리고 현관문에서 나왔다. "왔군요. 반가워요! 집을 금방 찾았나요? 들어와요!" 그는 황갈색 코듀로이 바지에 제일 위쪽 단추가 떨어진 파란색 폴로셔츠, 맨발에 샌들 차림이었다. 왼쪽 손목에 알록달록한 팔찌가 대롱거리고 있었다.

나는 그를 따라 복도에서 이어지는 부엌으로 들어갔다. 그곳의 모든 것이 아늑한 분위기를 뿜어냈다. 각 부의 장관들이 모두 앉아도 될 만큼 길쭉한 나무 식탁이 공간을 가로지르고 있었고, 구석에는 옛날에나 쓰던 석탄 난로가 놓여 있었으며, 주철 냄비들이 삐뚜름한 탑처럼 쌓여 있었다. 조리대에는 샐러드가 담긴 그릇, 딸기를 넣은 우유, 따뜻한 버터케이크가 담긴 커다란 철판이 있었다. 그 옆 유리그릇에는 거품을 낸 휘핑크림이 잠자는 구름처럼 담겨 있었다.

카를은 물 주전자를 가스레인지에 올리고 양철통에서 커피 필터 한 장을 꺼냈다. "마음에 드는 자리 아무 데나 앉아요! 나는 일단 커피를 끓일 테니까."

그날 내가 긴바지를 입었는지 아니면 짧은 바지를 입었는지와 같은 소소한 것들이나 그날 세상을 긴장하게 만든 뉴스가 무엇이었는지 더는 기억나지 않는다. 하지만 두 가지는 앞으로도 절대 잊지 못할 것이다. 카를이 지치지 않는 호기심으로 에두르지 않고 내 삶에 대해 묻기 시작했다는 점, 그리고 그가 질문하면서 살짝 금이 간 하얀색에 분홍 꽃무늬 도자기 주전자에 아주 차분하게 커피를 내렸다는 점이다. 그는 내 모든 것을 알고 싶어 했다. 고향이 어디인지, 아이가 몇 명인지, 아내 이름은 뭔지, 부모님은 건강하신지, 주말에 시골에 오는 이유가 뭔지. 나와 내 가족에, 내 삶에 진지한 관심을 보여주었다. 거기에 숨은 이유나 의도는 없었다. 질문 주제는 집과 자동차와 보트라는 피상적인 삼중주에서 벗어났다. 한 시간이 지나자 카를은 나와 10년 동안 사무실 문을 맞대고 함께 일한 상사보다 나에 대해 아는 게 더 많아졌다. 우리 두 사람의 삶은 이보다 더 다를 수 없을 만큼 서로 달랐지만, 그럼에도 나는 이해받는다는 느낌이 들었다.

  시간이 지나면서 나도 카를에 대해 물으며 서서히 알아가기 시작했다. 그가 30년쯤 전에 이 농장을 샀다는 것, 그의 아내가 말을 기르고 승마 수업을 한다는 것, 자녀가 다섯 명이고 손주는 열 명이라는 것을 알게 됐다. 작은 검정개의 이름은 릴케였다. 그는 한 가지 농작물만 취급했다. 감자였다. 그가 웃으며 감자는 "내 운명"이라고 강조했다. 그가 묻고 내가 답하며 시간이 흘러갔다. 반대일 때도 있었다. 나는 그 부엌에 온전히 존재했다. 그날의 계획, 그리고 꼭 해야 한다고 생각했던 일들은 저 멀리 있었다.

 이렇게 스물여덟 번쯤 서로 질문이 오가고 커피 세 잔을 다 마신 뒤에는 잠깐 화장실에 가야 했다. "바로 뒤편 오른쪽이에요." 그가 길을 알려줬다.
 얼마나 독특한 사람인가, 얼마나 특별한 아침인가. 나는 화장실 문을 열며 생각했다.

4

그 글은 다른 욕실이라면 일반적으로 거울이 달려 있어야 할 자리에 걸려 있었다. 세면대 바로 위 눈높이에 압정 네 개로 고정되어 있었다. 평범한 흰 종이에 손으로 또박또박 선명하게 써서 잘 읽히는 글씨였다. 하지만 그렇지 않았더라도 나는 이 문장들을 눈을 감고도 낭독할 수 있었을 것이다. 이 글 대부분을 외우고 있었으니까. 나는 나지막하게 소리 내어 문장을 읽었다.

"내가 인생을 다시 한번 살 수 있다면, 다음 생에서는 실수를 더 많이 하고 싶다. 더는 완벽해지려고 하지 않고, 더 느긋하게 지낼 것이다. 지금까지보다 조금 더 정신 나간 상태로, 많은 일을 심각하지 않게 여길 것이다. 그다지 건강하게만 살려고 하지 않을 것이다. 더 많은 모험을 하고, 더 많은 여행을 하고, 더 많은 해넘이를 바라보고, 산에 더 많이 오르고, 강을 더 자주 헤엄칠 것이다. 나는 매 순간을 낭비 없이 살아야 한다고 생각했던 똑똑한 사람 가운데 한 명이었다. 물론 즐거운 순간도 있었지만, 인생을 다시 시작할 수 있다면 순간의 아름다움을 더 많이 누리고 싶다. 삶이 오로지 이런 순간들로 이루어져 있다는 사실을 당신이 아직 모른다면 지금 이 말을 잊지 말기를 바란다. 다시 한번 살 수 있다면 나는 이른 봄부터 늦가을까지 맨발로 다닐 것이다. 생이 아직 남아 있다면 아이들과 더 많이 놀 것이다. 하지만 보라……. 나는 이제 85세고, 곧 죽으리라는 걸 알고 있다.

아르헨티나의 작가 호르헤 루이스 보르헤스가 죽기 얼마 전에 쓴 글이다. 나에게 이 문장들은 긴 인생의 종말뿐 아니라 위대한 사랑의 시작을 의미하기도 했다. 남부 티롤 지방 소도시에서 열린 나와 아내의 결혼식에서 그곳 시장이 낭독한 글이었다. 결혼식은 볼차노 위쪽 고산의 풀밭에서 진행되었다. 산꼭대기에 마지막으로 남은 겨울눈이 녹는 동안, 시장은 오전에 눈부신 햇살이 빛나는 아랫마을에서 어린 남자아이의 장례식을 치르고 온 뒤였다. 자전거를 타다가 관광버스에 치인 그 아이는 사고 현장에서 아버지의 품에 안겨 사망했다. 사랑과 고통이 같은 날 몇 미터의 고도 차이를 두고 벌어졌다. 엄마는 눈물을 훔쳤고, 내 친구들은 손을 맞잡았다. 우리는 소중한 순간들을 그저 온전히 누리자고, 보르헤스의 말을 행동으로 옮기자고 약속했다. 삶이 우리에게서 그냥 미끄러져 사라져서는 안 된다고, 절대 그래서는 안 된다고 생각했다.

얼마나 순진한 생각이었던가.

이제 나는 낯선 사람의 욕실에서 과거의 낯익은 문장과 마주하고 서 있다. 오랜 세월이 흐른 뒤에. 얼굴 반쪽으로는 온화한 미소를 짓고 나머지 반쪽으로는 감동해 우는 일이 가능하다면, 지금이 바로 그런 순간이었다.

나는 손뿐 아니라 얼굴까지 씻고 부엌으로 천천히 돌아왔다.

5

"말도 안 돼요!" 보르헤스의 문장이 나에게 어떤 역사와 의미가 있는지 들은 카를은 기도하듯 양손을 모으고 소리쳤다. 나는 스스로와 맺었던 중요한 약속을 아주 오랫동안 억눌러 왔음을 방금 정말이지 뜻밖의 장소에서 깨달았다고 그에게 말했다. "그 문장은 내가 젊었을 때부터 이미 그 욕실에 걸려 있었어요." 카를이 자리에서 일어나 문 옆에 걸린 메모판으로 가더니 어마어마하게 많은 쪽지 무더기 사이에서 사진 한 장을 떼어 왔다. "이게 나예요. 20대 중반이었죠." 그가 빙긋 웃었다. "알아보겠어요?"

나는 조심스럽게 사진을 받아 들었다. 금발 고수머리가 어깨까지 내려오는 젊은 남자가 보였다. 줄무늬 셔츠와 무릎까지 오는 초록 파카, 체크무늬 머플러가 과감하게 어우러진 차림이었다. 농부가 아닌 보헤미안이 시트로엥 자동차에 느긋하게 기대서 있었다. 당시 시트로엥은 순응하지 않는 사람, 다르게 생각하는 사람, 혁명가들의 차였다. 사회적 지위보다는 입장 표명이, 차의 마력보다는 열정이 중요한 사람들의 차였다. "집에서 독립하고 얼마 지나지 않아 찍은 사진이에요." 그가 이렇게 말하고는 철판에서 버터케이크를 접시 크기로 두 덩이 자른 다음 설명을 시작했다. 그 시절 카를은 남부의 어느 소도시에 살았다. 그림처럼 아름다운 목골조 건물, 자유로운 자전거, 아늑한 골목과 사랑스러운 카페들. 신중하게 고른 곳이었다. 평온하고 물가가 저렴하며 고향에서 멀리 떨어져 있고, 연간 해가 쨍한 날 수가 선크림의 가장 높은 자외선 차단 지수보다 두 배 이상 많은 곳이었다. 그는 스스로 결정한 삶, 자유와의 연애 행각을 좋아했다. "어린 카를이 이제 카를 대제가 된 거죠." 그가 크게 웃음을 터뜨렸다. "그 사진 속 시절 내게서 잘못된 건 하나뿐이었어요." 그가 목소리를 낮추었다. "나는 내가 원하는 일이 아니라 부모님의 기대에 따라 직업을 선택했어요."

그는 아무도 탓하지 않으려는 듯이 신중하게 말했다. 사랑이 넘쳤던 그의 어머니는 누들 샐러드를 세상에서 가장 맛있게 만드는 주부였다. 책임감이 투철한 공무원이었던 아버지는 미니 골프를 무척 좋아했다. 카를은 화목했던 자신의 가족에 대해 이야기해 주었는데, 그들은 유대감이 강했지만 불안감은 그보다 더 컸다. 불안은 저녁 식탁에 늘 함께하는 손님이었고, 그들은 만사에 조심하라고 서로 충고하며 성실할 것과 의무를 다할 것을 강조했다. 새로운 모든 것, 모든 변화, 모든 대담함은 기회가 아니라 위험이었다. "당신도 짐작할 수 있겠지만, 그런 상황은 청소년에게 영향을 끼치지요. 부모님의 간섭이 있었는데도, 한창 자라나는 십대였던 나는 한편으로 바깥세상에 얼마나 다른 삶이 기다리고 있을지 상상할 때마다 심장이 두근거렸어요. 그래서 졸업한 뒤에는 몽상가보다는 차라리 방황하는 사람에 더 가까웠지요."

카를은 어릴 때부터 자연에서 지내는 것을 가장 좋아했다고 했다. 그는 시간이 날 때마다 숲속 나무 위나 집 바로 옆에 있는 밭의 짚 더미 위에 올라가서 놀았다. 하지만 고등학교를 졸업하고 산지기나 농부가 되겠다는 대담한 아이디어를 실현할 가능성은 고향에서 할리우드까지의 거리보다 더 요원해 보였다. 카를은 부모님의 뜻에 따라 이른바 안전하다는 길을 선택했다. 대학 입학 자격시험, 산업 관리사 직업교육, 기계 제작 공장에서 월급을 받는 첫 직장.

"나는 무척 불행했어요." 카를이 도자기 주전자의 물을 컵에 따랐다.

내가 물었다. "누가, 또는 무엇이 당신을 구해줬어요?"

그는 천천히 물을 마신 뒤 고민할 것도 없이 대답했다. "아네테, 내 수호천사였지요."

아네테는 카를보다 족히 열 살은 많은 간호사였는데, 돈이 부족했던 두 사람은 '작지만 내 것'이라는 슬로건 아래 뒷마당에 자리 잡은 54제곱미터의 주택에 같이 살았다. 나무 바닥이 삐걱거리고 발코니에는 담쟁이가 자라는 전형적인 셰어하우스였다. 두 사람은 당시 룸메이트를 구할 때 일반적으로 그랬듯이 신문 광고를 통해 서로를 알게 됐다. 그들은 금세 친구가 됐고, 공동 부엌에 밤새 함께 앉아 있곤 했다. 병에 꽂은 촛불 빛이 일렁이는 가운데 적포도주 한 잔을 앞에 두고 두 사람은 자신들의 작은 세계를 흔드는 일들에 대해 철학적인 토론을 했다.

아네테는 카를이 잘 지내지 못한다는 사실을 금방 알아챘다. 그녀는 카를이 아침이면 늙은 집고양이처럼 살금살금 계단을 내려와 창백한 얼굴로 버스를 타고 사무실로 가는 모습을 목격했다. 어느 날 저녁 아네테는 말을 돌리지 않고 그의 상태에 대해 곧장 물었다. 그녀는 카를의 삶에 점점 더 깊이 파고들어 질문했다. 그를 진정으로 이해하려고 노력했다. 어쩌다가 그가 1층 205호 사무실의 잿빛 회전의자에 앉아 하루에 여덟 시간 동안 컴퓨터에 이런저런 내용을 입력하게 됐는지 알고 싶어 했다.

"그분이 당신을 어떻게 구해주신 거죠?" 내가 물었다.

"이제부터는 어쩌면 좀 진부하게 들릴지도 모르겠군요." 그가 대답했다. "그날 저녁 아네테는 자신이 병원에서 일하면서 겪고, 목격하고, 환자에게 들었는데 나중에는 삶의 큰 깨달음으로 이어진 것들에 대해 이야기해 주었어요. 그녀가 이야기하는 동안, 내 안에서 뭔가가 달라졌어요. 아네테는 사람들이 이 세상을 떠날 때 그 옆을 자주 지킨 사람이었어요. 그녀가 말하고 있는 것은 삶의 정수였죠. 삶에서 정말 중요한 것은 무엇인가? 사람들이 생의 마지막에 스스로에게 하는 질문이 내 마음에 깊은 감동을 주었어요.

나는 왜 나 자신의 삶을 살지 못했나? 타인의 기대를 충족하는 일이 왜 그렇게 중요했을까?

나에게 정말 의미 있는 사람이나 일 대신, 돈을 벌기 위한 일로 왜 그렇게 많은 시간을 보냈던가?

하지만 이런 질문도 있었어요. 그냥 좋아하는 일을 하는 걸 왜 스스로에게 더 자주 허락하지 않았을까? 왜 살면서 더 이상 모험을 하려 하지 않았을까? 그랬다고 무슨 나쁜 일이 일어났으랴?"

카를이 입을 다물었다. 나는 이 질문들이 의미하는 바를 소화할 시간이 필요했다. 우리는 한동안 생각에 잠긴 채 말없이 마주 보고 앉아 있었다. 나는 이 질문들을 이미 오래전부터 스스로에게 하지 않았었다. 해본 적이 있기는 했던가. 이 간결한 질문들은 너무나 중요하고 본질적이어서, 집 열쇠를 가지고 다니듯이 언제나 마음속에 가지고 있어야 하는데도 말이다. 카를도 한때는 나와 비슷했다는 사실이 어느 정도 위로가 됐다. 적어도 그의 얼굴에서 그런 기미가 엿보였다.

카를이 무거워지려는 분위기를 깼다. "그런 질문은 꽤 깊은 생각에 잠기게 해요. 그렇죠? 아네테와의 대화는 결국 인생에서 실제로 뭔가를 바꾸는 계기가 됐어요. 시간이 좀 걸리기는 했어도요. 사실 당연하죠. 그런 일은 하루아침에 일어나지 않으니까. 하지만 보시다시피 나는 바로 다음 진출로에서 방향을 틀어 직장에 사표를 내고 농업을 공부한 다음 언제였던가 이 농장을 찾아냈어요. 아침에 양치질할 때마다 보면서 용기를 북돋울 수 있도록 아네테가 나를 위해 보르헤스의 문장을 써서 욕실에 거울 대신 걸어 줬죠." 그가 다시 독특한 웃음을 터뜨렸다. 처음 그를 보자마자 내가 좋아하게 되었던 웃음이었다. 요란하게 천둥 치는 듯한 그 웃음소리는 완벽하게 자유로웠다.

6

 그날 오전, 나는 시공간 감각을 모두 잃었다. 우리는 이야기하고, 침묵했다. 불편하지 않은 침묵이었다. 오히려 그 반대였다. 나는 손에 커피잔을 든 채 그대로 앉아 있었다. 햇살이 비치고, 열린 창문으로 따뜻한 바람이 불어 들어왔다. 어디선가 닭이 울고, 멀리서 교회 종소리가 들려왔다.
 부엌문 위에 걸린 시계를 본 나는 조금 놀랐다. 오후 1시가 다 된 시각이었다. 휴대폰을 들여다보지 않고 '지금 여기'에 충실하게 존재한 건 아주 오랜만이었다. 보통 나는 늘 뭔가

할 일에 쫓겨 불안하고 초조했고, 생각이 매초 다른 방향으로 튀어 나갈 준비가 되어 있었다. 나는 '아니라고 딱 잡아떼기' 세계선수권대회에서 별다른 준비운동도 없이 상위권에 오를 실력이었지만, 휴대폰 중독이라는 사실만은 솔직하게 인정했다. 평소 문자 메시지와 메일을 쉴 새 없이 확인하고, 심지어 토마토소스를 저으면서도 뭔가를 읽으려고 다른 손에 휴대폰을 들고 있곤 했다.

그게 좋지 않다는 것은 나도 안다.

그러나 아무 대책을 마련하지 않으리라는 것도 알고 있었다.

이 사실을 명백하게 느꼈던 어느 날 저녁 친구들과의 모임을 쉽게 잊지 못할 것이다. 우리는 레스토랑에서 만나기로 약속했다. 자리에 앉자마자 한 명이 각자의 휴대폰을 무음모드로 해서 식탁 가장자리에 탑처럼 쌓아 두자고 제안했다. 휴대폰에 방해받는 일 없이 느긋하게 서로에게 집중하자는 거였다. 친구들이 웅성거렸다. "좋은 생각이긴 한데, 우리 딸이……" 또는 "이따 연락 올 데가 있어서……" 등의 말이 이어졌다. 하지만 결국 다들 동의했다. 그날 저녁은 끔찍했다. 계산할 때 모두가 솔직하게 인정한 걸로 보아 나만 그렇게 느낀 게 아니었다. 휴대폰의 통화 기록이나 놓쳤을지도 모를 뉴스를 잠깐 들여다보게 해준다면 다들 레스토랑 안의 모든 사람에게 술을 한 잔씩 사거나, 자발적으로 주방에서 설거지라도 할 태세였다.

하지만 이날 아침의 나는 카를을 처음 만난 순간부터 버터 케이크의 마지막 한입을 먹을 때까지 휴대폰 없이도 평온 그 자체였다. 카를의 느긋한 태도, 눈앞에 보이는 것처럼 뭔가를 설명하는 방식, 문장 사이의 신중하고 긴 침묵, 사심 없는 손님맞이가 나를 오롯이 그 순간에 머물게 했다. 이 모든 것이 한없이 좋았다. 이렇게 편안했던 적은 몇 주 전 풀밭에서 아내의 무릎을 베고 잠들었을 때뿐이었다.

그럼에도, 해야 할 일들로 가득한 세상의 경솔한 반응처럼 이렇게 말하는 내 목소리가 내 귀에 들렸다. "아, 벌써 점심때군요. 이제 슬슬 가봐야겠네요."

그날 호수에서의 첫 만남과 카를의 즉흥적인 커피 초대 이후로 우리의 길이 두 번째로 영원히 갈라질 뻔한 순간이었다.

만약 그랬다면 나는 그대로 그 집을 나와서 자동차 유리창을 잠깐 내린 뒤 "안녕히 계세요"라고 인사하고는 생각은 이미 다른 곳에 가 있었을 것이다. 나중에 가족들에게 기이하게 시작된 그날 하루에 대해 이야기하고, 어쩌면 일주일쯤 지난 뒤 빽빽한 약속들 틈새에서 다시 한번 이날을 떠올렸을지도 모른다.

하지만 만약 어린아이라면 몇 시간 동안 누군가와 친해지고 나서 이렇게 외칠 것이다. "카를은 나랑 제일 친한 친구야! 내일도 또 같이 놀래." 아무런 편견 없이, 열정적으로 마음을 활짝 연 채. 하지만 많은 사람들과 마찬가지로 나도 어른이 되는 길목 어딘가에서 타인을 향한 순수한 호기심을 내던져 버렸다.

"얼마 전에 제가 어떤 흥미진진한 뉴스 기사를 읽었는지 아세요?" 카를은 이렇게 묻고는 바로 대답해 주었다. 연구자들이 피실험자에게, 눈을 감고 좋아하지만 오랫동안 못 본 어떤 사람을 떠올려 보라고 지시했다. 그런 다음 그 사람과 1년에 시간을 얼마나 오래 보내는지 생각해 보라고 했다. 만약 40년 동안 일주일에 한 시간씩 함께 커피를 마신다면 그 사람과 함께 보내는 날은 총 87일이다. 한 달에 한 번 만난다면 20일이고, 1년에 한 번 만난다면 단 이틀이다. 학자들은 이 숫자를 다른 숫자와 비교했다. 독일인들은 매일 약 열 시간을 컴퓨터나 휴대폰 또는 TV 앞에서 보낸다. 그 시간들의 40년 동안의 합계는 무려 18년이다.

"좋아하는 사람과 보내는 시간보다 압도적으로 긴 시간이지요." 카를은 이렇게 말하고는 그 연구에 대해서 더 이상의 언급을 하지 않았다.

하지만 나는 그가 무슨 말을 하려는지 당연히 알아챘다. 그는 조심스럽게 포장해서 말했지만 그 의도는 매력적인 동시에 도발적이었다. 카를이 온화하게 미소를 지었다.

"갑시다. 내 감자밭을 보여줄 테니."

7

잠시 후에 나는 카를의 트랙터를 타고 그의 옆자리에 앉았다. 우리는 언뜻 보면 도로보다는 역사박물관에 어울릴 것 같은 그 트랙터를 타고 털털거리며 농장 진입로를 나섰다. 그는 운전석에, 나는 그의 왼쪽 조수석에 앉았는데 헬로키티가 그려진 낡은 노란색 방석이 깔려 있었다. "이제 현장 답사를 합시다!" 카를이 요란하게 털털거리는 모터 소리에 맞서 흥겹게 외쳤다.

우리는 자그마한 마을을 지났다. 이웃 농장과 작은 자동차

정비소가 보이고, 핸들에서 손을 놓은 채 자전거를 타는 어떤 여자아이가 우리를 추월해 갔다. 세상은 지금 사람을 달에 보내고 자동차가 어떻게 자율주행을 할지 논의하는데, 이곳에서는 이동이라는 교통수단의 궁극적인 목적만이 중요했다. 나는 시속 2킬로미터도 안 되는 속력으로 디젤 냄새를 맡으며 달리는 동안 갑자기 모험을 떠나고 싶은 마음이 들었다. 책상에 앉아 사무적인 일만 하던 말 한 마리가 스스로 일상의 우리를 부수고 나와서, 책상을 타 넘고 히힝 소리를 내며 달려가는 듯한 기분이었다. 어쨌든 달리는 몇 분 동안은 그랬다. 그 어디에도 울타리나 경계가 없는 것처럼 마음이 자유롭고 느긋했다.

나는 뭐든 이렇게 단순할 수도 있구나 하고 생각하며, 미하엘 엔데의 소설 『짐 크노프와 기관사 루카스』에 나오는 기관사 루카스처럼 트랙터를 운전하는 카를을 바라봤다. 그가 조금 부러웠다. 지금 이 순간이 나에게는 흥미진진하지만 그에게는 평범한 일상이었다.

한동안 크고 작은 도로를 지나다가 왼쪽 숲길로 접어들었는데, 트랙터의 방향 지시등이 일정하지 않게 요란하게 깜박

거렸다. 즐겁게 운전하던 카를이 갑자기 기어를 중립에 놓더니, 울타리 뒤에 살짝 숨은, 갈대 지붕을 인 자그마한 하얀 집 앞에 트랙터를 세웠다. "5분만 기다려요. 금방 다시 출발할게요." 그가 나에게 말하고 운전석에서 내렸다.

그러고는 풀들이 웃자란 들판을 성큼성큼 지나고 바지 앞주머니에서 주머니칼을 꺼내더니 들꽃 몇 송이를 조심스럽게 꺾어 풀줄기로 능숙하게 묶었다. 뉴욕이나 런던, 이 세상 어디서도 돈을 주고 살 수 없을 아름답고 간결한 꽃다발이었다. 곧장 현관문으로 간 카를은 눈에 띄게 분주하게 옷매무새를 가다듬고는 양손으로 머리카락을 훑고서 초인종을 눌렀다. 잠시 후에 어느 나이 든 부인이 문을 열었다. 우아한 얼굴에 잿빛 머리카락은 하나로 꼼꼼하게 땋아 매듭을 지었고, 알록달록한 랩스커트 위에 앞치마를 걸치고 손에는 나무 주걱을 들고 있었다. 두 사람은 얼굴을 빛내며 짧게 이야기를 주고받더니 작별 인사로 애정을 담아 포옹했다.

"미안해요." 돌아온 카를이 운전석에 올라오며 말했다. "힐데예요. 아주 오래전부터 알던 분인데, 예전에는 저분을 좋아하는 남자들이 여기에 줄을 섰었지요. 오늘 여든여섯 번째 생신을 맞으셨어요." 그러고는 시동을 다시 걸면서 덧붙였다. "매일 좋은 일 한 가지씩 하기. 어린 시절에 보이스카우트에서 배운 규칙이에요." 트랙터가 울퉁불퉁한 길을 털털거리며 힘겹게 지나자, 자작나무가 드문드문 자란 숲이 끝나고 시야가 다시 트였다. "도착했어요." 그가 시동장치에 꽂힌 열쇠를 돌리자 요란하게 털털거리던 모터 소리가 순식간에 정적으로 바뀌었다. 우리 앞에 길쭉한 밭이 놓여 있었다. 길이는 대략 500미터에 폭은 40미터쯤 되고, 꽃핀 울타리와 덤불에 에워싸여 있었다. 밭은 '눈길 닿는 곳까지 펼쳐진 대지'가 아니라 넓은 현관에 펼쳐진 우아한 양탄자에 가까웠다. 흙을 뚫고 나온 수백의 초록빛 감자 줄기가 깔끔하게 가로세로 열을 맞추어 반짝이고, 까마귀 한 마리가 경기장 한가운데의 심판처럼 홀로 서 있었다. "이곳이 내 약속의 땅이에요." 카를이 말했다. "여기서 나는 신 노릇을 하죠."

우리는 성지를 방문한 순례자들처럼 경건하게 밭을 거닐었다. 한참 시간을 두고 나서 그가 설명하기 시작했는데, 말투로 보면 토종작물이 아니라 마치 크나큰 사랑에 대해 말하는 듯했다. "감자와 나는 30년 전에 만났답니다. 학교를 다니다가 우연히 가지 과 식물에 대한 세미나에서 감자를 알게 됐어요."

음악가가 악보의 모든 울림에 대해, 또는 의대생이 심장 박동의 모든 것에 대해 알고 싶어 하는 것과 마찬가지로 카를도 감자를 알게 되자 더는 놓아줄 수 없었다.

그는 이제 오른쪽 무릎을 꿇고 양손으로 힘차게 땅을 파헤친 다음, 돌멩이만 한 길쭉한 타원형 감자에서 고고학자처럼 흙과 먼지를 털어 내고 팔을 공중으로 뻗었다. "소개할게요. 올해 첫 조생종 감자예요!" 그는 며칠 만에 마침내 금 한 조각을 찾아낸 광부처럼 먼지 묻은 발견물을 나에게 건넸다.

나는 감자를 이리저리 돌려 가며 감상한 뒤에 그에게 물었다. "그 오랜 세월 다른 작물은 한 번도 심지 않으셨나요? 상추나 뭐 그런 다른 채소는요?"

"네. 단 한 번도 없었어요. 경작지만 바꿨을 뿐이에요." 카를이 대답했다. "농사도 인생이랑 같아요. 수많은 가능성이 있죠. 소를 기를 수도, 과일을 키울 수도, 짚단을 내다 팔 수도 있어요. 뭐든 할 수 있죠. 온갖 사람이 당신에게 각각 다른 조언을 할 거고, 다들 당신에게 줄 아이디어가 있을 거예요. 처음에는 모든 말이 옳고 논리적으로 들리고, 물론 다 선의에서 하는 말이기도 하죠. 무엇보다 한 군데에만 걸지 말라는 문장은 여기 바깥에서도 유효하고요. 하지만 결정은 결국 혼자 해야 해요. 언제부턴가 나는 스스로에게 부담을 주지 않고 내게 중요한 것, 정말로 관심이 있는 것, 즐거운 것, 내가 잘 아는 것에 집중해야 한다는 걸 알게 됐어요. 시대의 분위기에 휩쓸리지 않는 무언가, 오늘 원했는데 내일이면 사라지는 게 아닌 무언가, 검소하지만 안전하게 살 수 있는 무언가. 뭐, 그렇게 해서 감자에 정착했죠."

"그 긴 세월 동안 그것만으로는 부족하지 않으셨어요?"

카를의 대답은 어떻게 사는 게 흥미진진한지 늘 경쟁하고 서로 쌓아온 이력을 비교하는 게 중요한, 내가 아는 세상의 말들과는 달리 어떤 것도 상대화하거나 미화하지 않았다.

언제였던가 나는 누군가의 생일 파티에서 부엌에 서 있다가 그날 처음 본 다른 남자 손님과 대화를 나누게 됐다. 그는 만나서 반갑다고 짤막하게 인사하자마자 곧바로 나를 치즈 플레이트가 있는 부엌에서 취업 면접장으로 이끌었다. "저는 물류회사 대표예요. 그쪽은 무슨 일을 하시죠?" 그가 만난

지 채 1분도 안 되어 나에게 물었다. 나는 그때 새로운 진로를 고민하기 위해 직장을 그만둔 상태였기에 솔직하게 대답했다. "사실 아무 일도 안 해요. 요즘 일자리를 알아보고 있거든요." 나는 그의 반응을 결코 잊지 못할 것이다. 그는 두 마디쯤 더 건네더니 나를 혼자 내버려두고 사라졌다.

"나는 경쟁을 좋아하는 사람이 아니더라고요. 세상의 중심에 서고 싶은 사람은 더더욱 아니고요." 카를이 진솔하게 고백했다. "맑은 공기 속에서 매일 똑같이 평화롭게 해나가는 일들이 나에게 평온과 확신과 힘을 주었어요. 내가 할 일이 무엇인지, 내 미래는 어디로 가는지, 고향이 나에게 무엇을 주는지 알게 됐어요. 위에 하늘이 있고 아래에 밭이 있다면 내 세상은 전부 괜찮아요."

엄청난 말이었다. 나는 하늘과 밭 사이 어디에 서 있을까?

카를이 땅에 굳건하게 뿌리내리고 있는 반면, 나는 마치 흙에서 막 뽑힌 것처럼 느낄 때가 잦았다.

카를은 밭을 걸으며 잠깐 멈춰 서거나 흙을 파면서 자기가 생각하기에 감자에 대해 알아야 할 모든 것을 설명해 주었다. 감자는 고추냉이와 잘 어울리고, 토마토와 친척이지만 고구마와는 의붓형제도 아니며, 기원은 포츠담의 프리드리히 2세 대왕이 아니라 안데스 잉카라고 했다. 카를은 매년 약 7만 7천 개의 감자를 심고 77만 770개의 감자를 수확한다. 그의 생일인 4월 30일에 가장 중요한 의식이 치러진다. 그는 생일 케이크의 촛불을 끈 다음 혼자 감자밭으로 가서 한 고랑 한 고랑씩 걸어 다니며 온화하지만 단호한 목소리로 감자의 양심에 호소한다. 올해도 자기를 배신하면 안 된다고, 밭에서 식물 대 식물로 헌신적인 전투를 치름으로써 곰팡이와 잡초를 물리쳐야 한다고. 새로운 감자가 태어나고 얼마 지나지 않아 무거운 심정으로 그들을 팔아야 하지만, 그래도 그들을 무척 사랑한다고.

"말하자면 연봉 협상과 연례 직원 상담을 한꺼번에 하는 거죠." 카를이 윙크하며 설명을 마치자마자 이번에는 나를 식사에 초대했다. "자, 첫날 수업치고는 아주 많은 학습량이었어요. 이제 배가 엄청나게 고프군요."

8

 우리는 도망쳤던 두 마리 떠돌이 개가 향수병이 아니라 배고픔 때문에 귀가하듯이 하릴없이 농장으로 돌아왔다. 그러나 카를은 트랙터를 헛간에 세워 두는 대신 아무 설명도 없이 진입로 한가운데에 세우더니 트랙터 운전실의 비닐 방수포를 옆으로 젖히고 목청껏 누군가를 불렀다. "오다! 오다!" 몇 초 지나지 않아 열 살쯤 되어 보이는 금발 여자아이가 집 뒤에서 달려왔다.
 "내 손녀예요." 카를이 말했다. "그냥 앉아 있어요. 지금부

터 이 아이가 넘겨받을 테니."

비행기 착륙을 마치고 일상적으로 자리를 바꾸는 노련한 두 명의 조종사들처럼 카를이 트랙터에서 내리고 오다가 내 옆에 올라탔다. 엔진은 꺼지지 않은 상태였다. 오다는 수줍은 목소리로 내게 "안녕하세요?"라고 인사한 다음 아이에겐 아주 거대해 보이는 운전대 앞에 앉았다. 오다가 온몸을 뒤로 젖혀 쭉 펴니 클러치 페달에 발이 겨우 닿았다. 오다는 온 힘을 다해 변속 레버를 앞으로 밀어 1단 기어를 넣고서 살짝 덜컹거리며 출발했다. 나는 그제야 지금 어린아이에게 납치당했음을 깨달았다. 카를의 흔적은 그 어디에도 없었다. 오다는 사방을 둘러본 뒤 헛간 쪽으로 방향을 잡았다. 내가 땀이 흥건한 손을 초조하게 바지에 문지르는 동안 오다는 뒤도 돌아보지 않았다. 오다는 정신을 집중한 채 좌우 사이드미러를 번갈아 보며 갈색 나무 헛간에 1미터씩 다가갔다. 그러고는 헛간 문 바로 앞에서 정차하더니 침착하게 뒤를 한번 돌아보고 나도 한번 쳐다본 다음 손수레 한 대와 휘발유 두 통 사이에 능숙하고 정확하게 주차했다. TV 프로그램 〈내기할래요?〉에 출연했더라면 분명히 우승했을 것이다.

"잘했다!" 옆에서 불쑥 나타난 카를이 박수를 치고는 두 팔을 들어 손녀를 운전석에서 안아 내렸다. 두 사람은 손에 손을 잡고 집 쪽으로 가다가 멈춰 섰다. 멀리서 보니 카를이 바지 주머니에서 꺼낸 검은색 뭔가를 오다에게 건네고 있었다. 오다는 할아버지의 뺨에 입을 맞춰 감사 인사를 하고는 즐거운 듯 깡충깡충 뛰어갔다. 트랙터에서 내린 나는 방금 벌어진 비밀스러운 주고받음에 호기심이 일었다.

"아이에게 뭘 주신 건가요?" 내가 카를에게 묻자 그가 대답했다. "감초요. 나는 자식들 주위를 끊임없이 맴돌면서 통제하려는 어른들을 많이 봐요. 주변에 아주 작은 위험만 있어도 바로 달려들죠. 보호란 필요하고 숭고한 것이긴 하지만, 나는 감시가 올바른 양육 방식이라고 생각한 적은 없어요. 그래서 '군것질상'을 도입했죠. 나는 손주들에게 혼자 해낼 수 있는 과제를 줘요. 아이들은 격려를 많이 받고, 자율성과 확신을 갖게 되고요. 난 주의 깊게 살피면서 아이들이 과제를 해내도록 그냥 둡니다. 상으로는 달콤한 군것질거리를 주는데, 아주 탁월한 효과가 있어요!"

나는 감탄하며 모험이라고밖에 할 수 없었던 주차를 다시 떠올렸다. 그러자 문득 하고 싶은 일이 떠올랐다.

"카를, 집에 잠깐 전화를 해야겠어요."

"하세요! 난 그사이 맛있는 걸 좀 만들 테니."

그 말을 듣자마자 내 배에서 꼬르륵 소리가 났다. 우리는 둘 다 웃음을 터뜨렸다.

우리는 마당을 지나 집 쪽으로 천천히 걸어갔다. 나는 카를의 집 현관 옆 벤치에 앉아 아내에게 전화를 걸었다. 반갑게도 아내는 바로 전화를 받았고, 나는 살짝 흥분한 목소리로 오늘 겪은 일들을 설명했다. 아내는 처음엔 내가 또 약간 과장한다고 생각하고 믿지 않는 듯했지만 통화가 길어질수록 점점 호기심에 차서 들었다.

통화를 마치고 부엌으로 향했다. 김이 나는 뭔가가 부글부글 끓으며 쉭쉭 소리를 내고, 올리브유와 허브와 향신료가 섞인, 마법처럼 향기로운 냄새가 풍겼다. 안갯속에서 어떤 손이 나를 향해 뻗어 왔다. "안녕하세요? 전 요한나라고 해요. 창문 좀 열어 주실 수 있나요? 그러면 우리가 서로를 볼 수 있을 거예요. 카를이 요리를 하면 항상 이렇게 김이 많이 생기거든요."

시야가 서서히 맑아지자 내 앞에 선 카를의 아내가 보였다. 나도 모르게 어릴 때 읽은 동화책의 주인공 하이디가 떠올랐다. 사과처럼 붉은 뺨과 반달눈, 자연스럽고 싱그러운 매력 때문이었을 것이다. 그녀는 풀밭의 들꽃처럼 신선하고 생기 넘치고 쾌활했다. 나는 첫눈에 그녀가 마음에 들었다. 바람이 잘 통할 것 같은 원피스의 위쪽 단추 세 개가 풀려 있고, 오렌지색 코듀로이 머리띠는 구불거리는 회갈색 머리카락을 단정하게 해주었다. 거기에 갈색 나막신은 반평생의 농장 생활을 잘 보여주는 듯했다. 갑작스러운 손님의 방문이 주기적인 노선버스처럼 일상적인 일이라는 듯이 그녀가 나에게 말했다. "만나서 반가워요! 상 차리는 것 좀 도와주세요."

"요리는 2분 안에 끝나요." 카를이 조리대에서 이쪽을 향해 소리쳤다. 요한나는 빨강과 하양 체크무늬 식탁보를 길쭉한 나무 식탁에 능숙하게 펼치고 나에게 식사 도구와 접시를 건넸고, 카를은 음식이 든 그릇을 식탁에 내려놓았다. 굶주린 나의 눈앞에 가정식의 천국이 열렸다. 바삭하게 구운 미트볼이 커다란 프라이팬에 담겨 있고 껍질째 삶은 감자와 허브 치즈 커드, 양젖 치즈와 샐러드, 카를이 '행복한 당근'이라고 부르는 오렌지색 채소 요리도 있었다. 카를의 설명에 따르면 그건 채칼로 썬 당근과 양파에 올리브유, 카레와 크림을 듬뿍 넣고 커다란 프라이팬에서 짧게 볶은 음식이었다.

"우리 아이들이 이 요리에 그 이름을 붙였어요. 당근이 너무 맛있어서 먹으면 행복한 웃음이 나서래요." 요한나가 즐거운 듯 설명했다. 카를은 내가 "술은 마시지 않을게요"라고 말하기도 전에 내 잔에 적포도주를 가득 따랐다.

아침 수영과 맑은 공기, 그리고 훌륭한 음식 중 무엇 때문이었는지는 지금도 모르겠다. 마지막으로 언제 마지막으로 이렇게 식욕이 좋았는지, 무엇보다도 언제 이렇게 편하고 맛있게 음식을 먹었는지 기억나지 않았다. 게다가 나사 빠진 사람처럼 양심의 가책도 없이 낮부터 포도주 한 잔을 즐기다니.

나도 지난 몇 년 동안 영양을 종교처럼 신봉해 왔다. 아침은 아몬드유에 오트밀, 점심은 퀴노아 샐러드, 간식으로는 기껏해야 견과류 또는 사과 한 알, 저녁으로는 채소와 생선을 자주 먹었다. 이른바 현대인의 메뉴였다. 즐거움 대신 건강, 칼로리 대신 통제. 나 자신이 직접 지은 박물관의 소중한 전시품인 몸. 이 모든 것은 미식가의 방탕함을 싹부터 잘라 내기 위해 내가 휴대폰에 적어 두고 강박적으로 지키는 푸시업 규칙에서 극에 달했다. 흰 밀가루를 먹으면 푸시업 스물다섯 번, 고기는 쉰 번, 알코올은 일흔다섯 번, 설탕은 백 번이었다. 이날 점심은 이 모든 숫자를 더한 것일 테지만 그럼에도 나는 미트볼을 세 개 먹고서도 네 번째, 다섯 번째를 먹어도 되는지 물었다.

내 질문은 요한나와 카를에게 기쁨과 놀라움을 동시에 불러일으켰다. "이런 질문은 이미 오래전부터 거의 없었거든요." 요한나가 말했다. "우리 손님들은 대부분 도시에서 오시는데, 돌려 말하자면 음식에 대해서 약간 까다로워요."

"아마 믿지 못할 겁니다." 카를이 끼어들었다. "얼마 전엔 승마하는 아이의 엄마가 여기 앉아 있었는데, 요한나가 손수 만든 페스토를 얹은 환상적인 파스타를 거부했어요. 석탄이나 뭔가를 하는 중이라면서 말이죠."

"저탄." 요한나가 웃으며 그의 말을 고쳐 줬다. "탄수화물을 최소한으로 먹는 거야." 그러고는 고개를 저으며, 예전의 네 살배기가 치즈나 코코아나 비스킷을 알았듯이 요즘은 그 나이에 플렉시테리언이나 스테비아라는 용어를 기본적으로 안다고 덧붙였다. 나도 그 사실을 알고 있었으므로 침묵했고, 카를이 후식을 준비하겠다고 하자 마음이 놓였다.

그가 자리에서 일어나, 가스레인지 옆 바닥에 놓인 상자에서 사과 몇 개를 집어 들더니 깔끔하게 껍질을 벗기고 씨를 제거한 다음 세로로 얇게 잘랐다. 그러고는 프라이팬에 녹여 갈색으로 만든 버터에 사과 조각을 조심스럽게 넣고 황갈색으로 구웠다. 마지막으로 계핏가루를 뿌린 다음 큰 접시에 주름을 잡아 가며 멋지게 옮겨 담고, 냉장고에서 지방이 최소 10퍼센트는 되어 보이는 그릭요거트를 꺼내 큰 숟가락으로 사방에 얹었다. 그런 다음 에스프레소 주전자를 가스레인지에 올렸다. 우리는 "으음, 맛있어"를 여러 번 반복한 뒤에 완전히 비워진 접시를 앞에 두고 행복에 취해 앉아 있었다. 나는 의자에 등을 기대고 앉았는데, 그 각도에서는 부엌문 옆에 있는 여행 가방이 눈에 들어왔다. 카를이 내 시선을 따라갔다.

"저 가방은 이미 며칠 전부터 저기 있었어요. 요한나가 다음 주에 아이슬란드에 가거든요!"

요한나는 지구 북쪽의 화산섬에서 말을 타고 싶다는, 인생에서 가장 소중한 꿈을 마치 첫 소풍을 앞둔 소녀처럼 설명하기 시작했다. 악천후 속에서 열흘 동안 아이슬란드 토종말을 타고, 오두막에서 밤을 보내고, 끝없이 펼쳐진 자연 속에서 가이드와 두 친구하고만 지내고 싶다는 것이었다. 그녀는 이 모험을 위해 5년 전부터 동전 한 푼이라도 생기면 여행을 위해 따로 마련한 계좌에 넣고, 다른 의미 없는 모든 것을 포기했다. "며칠만 기다리면 뜨거운 온천물에서 수영할 수 있는데, 새 청바지가 왜 필요하겠어요?" 그녀가 말했다. "게다가 전 금방 이루어지지 않는 소원이 얼마나 소중한지 다시 한번 깨닫게 됐어요. 오랫동안 소홀히 했던 근육을 쓸 때처럼 인내와 절약과 결핍을 처음부터 다시 배우면서요. 모든 것이 언제나 순식간에 이루어지는 것 같은 요즘 세상에서는 금방 이루어지지 않는 소원이 특히나 소중하죠."

카를이 아내를 자랑스러워하는 게 눈에 보일 정도였다. 그는 이렇게 덧붙였다. "꿈이 있다는 게 참 좋지 않나요?" 내가 배부르고 만족스러운 기분으로 일어나서 접시를 포개는데, 카를이 식기세척기를 정리하던 손을 잠시 멈추고 나에게 물었다. 그 질문의 무게는 나를 의자에 도로 주저앉히고 말았다. "당신의 제일 소중한 꿈은 뭐예요?"

나는 시간을 벌기 위해 그의 질문을 큰 소리로 되뇌고는 이렇게 덧붙였다. "잠깐 생각해 볼게요."

부엌은 점차 정리됐지만 나는 점점 더 뒤죽박죽이 되어 갔다. 커다란 서랍에 든 수많은 종이와 메모지 아래에서 연필을 찾아 뒤지듯이 머릿속에서 적절한 대답을 찾았다. 놀라운 것이 떠올라서가 아니라 아무것도 떠오르지 않아서 충격적이었다. 카를의 질문에 대답할 수가 없었다. 나는 요한나처럼 그리움으로 가득한 낯선 나라가 떠오르지 않았다. 살면서 꼭 배워 보고 싶은 악기도 없었다. 삶을 우아하게 해줄 물질적인 어떤 것이 필요하지도 않았다. 가족이 건강하고 친구들과의 우정이 쭉 이어지기를 바라는 것은 꿈이라기보다 희망 사항에 가까웠다. 무슨 이유에서인지 나는 꿈을 버린 것 같았다.

카를이 말문이 막힌 나를 구해 줬다. "사실 어려운 문제죠. 나중에 다시 생각해 봐요. 어쩌면 자는 동안 대답이 생각날 수도요. 이제 낮잠 잘 시간이에요."

"환한 대낮에 잔다고요?" 나는 손을 내저었다. "전 한 번도 그래 본 적이 없는데요……."

9

나는 어느샌가 꿈을 버렸고 낮잠도 제대로 자본 적이 없다는 사실을 깨닫고는 멍한 마음으로 카를을 따라 부엌에서 나왔다. 음식보다는 우리가 나눈 대화를 소화하느라 바빴다. 말없이 복도를 몇 미터 지난 카를은 오래된 흰색 문 앞에서 걸음을 멈추었다. 문은 페인트가 살짝 벗겨지고 나무는 갈라져 있었으며, 낡은 문손잡이는 살면서 끊임없이 문을 여닫았음을 보여주었다.

카를은 마치 알리바바처럼 나를 바라보며 신비한 목소리로 속삭였다. "이 문 뒤에 내 보물 창고가 있어요."

나는 지난 몇 시간 동안 최근 몇 달을 합친 것보다 더 많은 신화를 경험하긴 했지만, 지금까지보다 더 큰 기대를 안고 방에 들어섰다. 만약 내가 눈을 가린 채 이 방으로 인도됐고, 눈을 떴을 때 '여기 누가 살 것 같으냐'라는 질문을 받았더라면 아마 이렇게 대답했을 것이다. "노벨 문학상 수상자가 사는 집 같아요." 그 공간에 얼마나 많은 책과 노트와 잡지가 있었는지는 지금도 말하기 어렵다. 천 권? 2천 권? 책이 사방에 놓여 있고, 꽂혀 있고, 서로 기대 있었다. 천장까지 닿는 알루미늄 책장에, 창턱에, 바로크식 소형 협탁에, 불안정한 의자에, 몇 미터나 되는 높이로 바닥에, 뒤편 오른쪽에 있는 커다란 책상에 책이 쌓여 있었다. 그 사이사이에는 찢어 둔 신문 사설과 색이 살짝 바랜 잡지, 뭐라고 정의할 수 없는 잡동사니 낱장들이 펄럭였다. 나는 교회나 숲에 들어설 때와 비슷하게 순식간에 겸허하고 경건해져서 카를에게 속삭였다. "말문이 막히네요."

"말하지 않아도 되죠. 여기서는 어차피 책들이 말하니까요." 카를이 이렇게 대답하고는 겸손하게 덧붙였다. "나는 농부예요. 하지만 사색하기를 즐기고, 내 주변 사람들의 감정을 받아들이려고 노력해요. 요한나는 나와 함께 꿈꾸는 사람이고, 감자는 나에게 안정된 수입을 보장해 주죠. 이곳은 세상을 조금 더 잘 이해해 보려는 내 노력이고요. 나에게 책은 최고의 심리치료사예요. 언어가 내게 위로를 건네고, 문장은 희망을 줘요."

나는 그 순간 불현듯 지금 느낀 감정을 말로 표현하고 싶은 욕구를 느꼈다. "이해할 수 없군요. 오늘 아침까지만 해도 우린 서로에게 아직 아무것도 쓰여 있지 않은 흰 종이였죠. 그러다가 함께 호수에서 수영을 하고, 당신의 밭을 구경하고, 당신 아내와 점심을 먹고…… 그리고 지금은 여기서 당신의 책에 에워싸여 있어요. 모든 것이 옳고, 쉽고, 기분 좋게 느껴져요."

카를이 나를 섬세한 눈길로 바라봤다. 그러고는 포옹하는 듯한 특유의 방식으로 대답했다. "사실 그건 꽤 평범한 일이에요. 진실한 관심을 보이고, 평가하는 일 없이 귀를 기울일 때 이방인은 비로소 친구로 바뀌니까요. 누군가가 자기를 이해한다고 느끼면 많은 것이 변하기 마련이에요. 나는 사람들 사이에 자리 잡고 관계 맺으려고 애쓸 때 인생은 더 가치 있다고 생각해요. 가장 중요한 건 언제나…… 나를 바라보는 사람이죠."

마지막으로 누군가에게 이렇게 마음을 열었던 적이 언제였나. 떠오르는 것이라고는 오늘 아침 호숫가에서의 일뿐이었다. 무방비 상태로 타인에게 나를 맡기는 건 정말이지 쉽지 않다. 가장 중요한 건 언제나 나를 바라보는 사람이라지만…… 흐음, 이제까지 내가 겪은 일들은 달랐다. 하지만 지금 여기서 우리가 맺어 가는 관계가 소중하다는 것은 느낄 수 있었다.

"당신은 어쩌면 이렇게 활짝 열려 있죠?" 내가 물었다. "나라면 오늘 아침에 당신에게 집으로 커피를 마시러 오라고 초대할 생각은 하지도 못했을 텐데……."

카를은 오래 생각할 것도 없이 대답했다. "아마 연습의 문제, 어떤 사람이 쌓는 경험의 문제일 거예요. 용기를 자주 낼수록 그게 나 스스로에게 얼마나 좋은 일인지 점점 더 확실하게 느껴요. 책의 등장인물에게서 좀 배우기도 하고요. 나는 그들과 함께 이미 수많은 길을 걸었답니다."

그가 자리에서 일어나 창문을 닫았다.

"낮잠이 괜히 오후의 휴식이라고 불리는 게 아니에요." 그러고는 방의 한가운데에 마주 놓인 두 소파 중 하나에 누워 갈색 양모 담요로 다리를 감싸고 초록색 베개를 머리 아래에 받쳤다. "세상과의 온갖 연결도 좋지만, 잠시 연락이 끊어지는 것도 얼마나 좋은데요! 당신도 해봐요. 책을 한 권 꺼내 들든지, 아니면 그냥 다른 소파에 눕든지 마음대로 해요."

나는 그가 낮잠 잘 준비를 마치는 모습을 멍하니 지켜봤다. 그는 정말 여기서 자려는 듯했다. 나도 건너편 소파에서 그와 똑같이 하기로 마음먹었다. 집에서라면 양심의 가책과 고함량 카페인을 뒤섞어 밀려오는 피로를 몰아냈을 것이다. 하지만 여기서는 핸들을 놓고 책은 책장에 두기로 결정했다. 나는 신발을 벗고 살짝 긴장한 채 소파에 길게 누웠다.

"편하게 누워요." 카를이 하품하며 말했다. "그런데 하나만 더 물어볼게요. 그다음엔 진짜 방해하지 않을게요. 지난 한 주 동안 가장 신경 쓰였던 일이 뭐예요?"

"왜 그런 질문을 하시죠?" 내가 물었다.

"나는 주말이면 언제나 한 주를 돌아보며 정리하거든요. 그러면 마음속에 질서가 생겨나요." 그가 설명했다.

지난 며칠을 머릿속으로 잠깐 훑어보니, 수요일 저녁에 여동생과 부모님에 대해 이야기한 일이 떠올랐다.

"부모님 생각을 가장 많이 했어요. 당신은요?"

"모하메드." 그가 이렇게 중얼거리고는 옆으로 돌아누워 눈을 감더니 곧 바로 잠이 들었다.

그는 평온하고 만족스러운 얼굴로 규칙적으로 숨 쉬며, 자면서도 나와 연결되어 있으려는 듯이 한 손을 내 쪽으로 쭉 뻗은 채 누워 있었다. 그는 물결치는 회색 머리카락을 한 평화의 비둘기였다. 나는 이런 평온함과 선함에는 결코 이르지 못하리라는 생각을 미처 끝까지 하기도 전에 잠이 들었다.

10

"당신, 아주 많이 피곤했나 본데요." 카를은 다정함이 넘치는 요양보호사처럼 눈을 둥그렇게 뜨고 나를 내려다보며 갓 내린 커피 한 잔과 초콜릿 비스킷을 건넸다.

"제가 정말 잠이 들었나 보네요." 나는 살짝 당황해 이렇게 대답하고는 천천히 몸을 일으켰다.

"사과할 거 없어요. 친구 집에서 눕는 게 존중의 표현이라고 여기는 나라도 많아요. 그 집에서 편하고 안락하다는 걸 보여주는 거니까요." 그가 대각선 맞은편에 있는 의자에 앉았다.

"부모님 이야기 하고 싶지 않아요? 아까 잠깐 얘기했었잖아요." 카를이 호기심을 보였다.

커피의 각성 효과가 올라오는 가운데, 나는 소파에 앉은 채 이야기를 시작했다. 동생과 나눈 대화가 아직 기억에 생생하게 남아 있었다. 우리는 지난주에 오랜만에 저녁 식사를 하기로 약속했다. 동생과 나는 아쉽게도 같은 도시에 살지는 않지만 그래도 주기적으로 만나려고 했다. 다른 형제자매가 없어서 여동생이 내게는 전부였다. 자연스럽게 부모님 이야기가 나왔다. 요즘 어떻게 지내시는지, 휴가 계획은 어떻게 세우고 계실지 등 평범한 이야기였다. 후식을 먹다가 갑자기 우리가 엄마와 아빠를 정말로 잘 아는지 궁금해졌다. 둘 중 누가 먼저 그 질문을 했는지는 기억나지 않는다. 하지만 그렇지 않다는 결론에 도달하자 우리가 큰 충격을 받았던 것은 또렷하게 기억한다. 어떻게 그런 것도 모를 수 있을까? 어떻게 그 긴 시간이 지나도록 그렇게 중요한 걸 놓칠 수 있었을까? 엄마와 아빠의 고향이 어딘지, 직업이 뭐였는지, 취미가 뭔지, 좋아하는 음식이 뭔지 그런 건 그리 중요하지 않다. 우리가 그들을 '제대로' 아는지가 문제였다. 엄마와 아빠가 소중하게 여기는 가치, 소망과 추억과 각종 사안에 대한 견해, 어떤 비밀을 갖고 있고 그걸 어떻게 느끼는지. 우리는 엄마와 아빠를 잘 알고 가깝다고 자부하면서도 대답할 수 없는 질문이 수두룩했다. 동생과 나는 엄마와 아빠가 정말로 어떤 사람인지 알고 싶다는 갈망 외에 다른 겹치는 관심사는 없다는 걸 대화 끝에 깨달았다.

카를은 내 말에 귀를 기울이다가 마지막 남은 커피를 한 모금 마신 다음 이렇게만 말했다. "흥미로운 관찰이군요."

나는 혹시 우리의 때늦은 깨달음이 그에게 너무 단순해 보였을까 봐 걱정스러워서 조심스럽게 물었다. "동생과 내가 얼마나 당황했을지 공감할 수 있겠어요?"

"공감하느냐고요?" 그가 되묻고는 의자에 앉은 몸을 꼿꼿하게 세웠는데, 눈에 띄게 놀란 듯했다. "당신과 이 대화를 몇 년 전에 나눴더라면 좋았겠네요. 우리 부모님은 두 분 다 돌아가셨는데, 내가 부모님에 대해 아는 게 너무 없었고 함께 보낸 시간도 너무 짧았다는 사실을 지금 막 깨달았어요. 그분들께 대답을 바라는 질문을 하기에는 이제 너무 늦었죠. 대답을 들을 수도 없고요."

"유감이에요." 내가 말했다. "하지만 당신이라면 부모님께 첫 대화를 어떻게 시작했을 것 같아요? 여동생과 나는 그날 저녁 아무런 답도 찾지 못했어요. 우리가 갑자기 들이닥쳐서 '엄마, 아빠, 두 분에 대해 이런저런 걸 모조리 알고 싶어요' 라고 하면 두 분이 기습공격이라도 당한 듯한 기분이 들지 않겠어요?"

카를은 이제 내 이야기에 완전히 빠져들었다. "글쎄요, 생각해 봐야겠네요. 나는 부모님이 살아 계실 때 두 분을 알아가는 데는 실패했지만, 당신 남매가 그렇게 할 수 있게 도와줄 수는 있을 것 같아요." 그가 자리에서 일어나 방을 이리저리 거닐면서 마치 책 속에서 대답을 발견할 수 있다는 듯이 손가락으로 책장을 계속 훑었다. 그러고는 몇 분 후에 다시 자리에 앉더니 한 가지 제안을 했다. "종이에다가 부모님께 물어보고 싶은 걸 전부 써보는 거 어때요? 책에서 읽은 방법이에요. 글쓰기는 내면 깊이 들어가 자기를 표현하는 걸 쉽게 만들어 줄 때가 많잖아요."

"좋은 아이디어네요. 그다음에는 뭘 하죠?" 내가 물었다.

"마음에 품은 질문을 동생과 같이 모으세요. 그러고는 사랑을 담아 노트나 책에 적은 다음, 예를 들면 부모님의 생신이나 크리스마스에 건네는 거죠. 질문만 말이에요. 대답을 써넣을 공간을 최대한 많이 남겨 두는 게 좋아요. 말하자면 '가족의 질문을 모은 책'이죠. 어쩌면 이 선물만으로도 부모님과 대화가 시작될 수도 있어요. 꽤 특별한 선물이니 분명히 감동받으실 거라고 생각해요."

괜찮게 들렸다. 나는 생각에 잠긴 채 고개를 끄덕였다.

카를이 벌떡 일어났다. "지금 바로 시작할까요?"

내가 여전히 망설이며 "그렇게 생각하신다면……"이라고 중얼거리는 사이에 카를은 펜과 메모지를 찾아냈다.

단어로 탁구 경기를 할 수 있다면 카를과 나는 우리 사이에 탁구대를 만든 거나 마찬가지였다. 이쪽저쪽으로 공이 날아다녔다. 우리는 크게 웃고, 나지막하게 고민했다. 모든 질문이 타당했고, 내가 답을 아는 것은 몇 개 없었으며, 빠뜨린 주제도 없었다. 우리는 호기심에 빠져 은밀한 곳의 경계를 넘어서지 않으려고 조심했다. 45분이 지나고 쉰 개의 질문이 완성됐다.

"지금 바로 동생에게 보내야겠어요." 내가 흥분해서 소리쳤다.

"틀림없이 모두에게 멋진 서프라이즈가 될 거예요." 카를도 함께 기뻐했다.

"그런데 저도 질문이 하나 있어요." 내가 그에게 상기시켰다. "모하메드가 누구예요?"

11

"모하메드 이야기를 하기 전에, 먼저 파니를 돌보고 감자를 골라야 할 것 같아요." 카를이 대답했다. 우리는 서재를 나와서 집 바로 뒤에 있는 정원을 지나, 예전에는 분명히 가축들이 살았을 축사 옆문으로 들어섰다. 내 관심을 끈 것은 몇 년은 된 것 같은 퇴비 냄새가 아니라, 갈색 마구간 뒤쪽에서 들려오는 삑삑거리는 소리였다. 카를이 그 소리가 나는 쪽으로 고갯짓을 하고는 무거운 철제문을 온 힘을 다해 옆으로 밀었다. 바닥에는 깨끗한 건초가 깔려 있었는데, 위풍당당한 수말이 아니라 나무다리를 톱질해 낸, 꽃무늬로 된 인형 침대가 나를 맞이했다. 카를은 검지를 입술에 대고서 최대한 조용히 나무 침대에 다가가자는 신호를 보냈다. 우리는 공중 곡예사처럼 까치발을 들고 살금살금 걸어가 작은 침대 안을 조심스럽게 들여다봤다.

그곳에 검은색 새끼 고양이 네 마리와 엄마 고양이 한 마리가 누워 있었다. 한 덩어리로 뭉쳐져 있어서 몇 마리인지 세는 데만도 시간이 조금 걸렸다. 우리 딸이 여기 있었더라면 끝내 참지 못하고 "귀여워!"라고 소리쳤을 것이다. 나는 말없이 허공으로 네 손가락을 올려 표정으로 물었다. 카를은 고개를 젓고는 한 손을 다 펼쳐 "다섯"이라고 소곤거리고 나서 엄지로 오른쪽을 가리켰다. 인형 침대 옆 구석에 빨강과 검정이 섞인 나이키 신발 상자가 하나 있었다. 북부 시골의 어느 축사 안에 있는 인형 침대와 신발 상자가 고양이 분만실로 바뀌어 있다니. 이런 장면은 상상도 못 했다.

"이 아이가 파니예요." 카를이 속삭이고는 태어난 지 며칠 안 되어 보이는 새끼 고양이를 신발 상자에서 꺼내 나에게 조심스럽게 건넸다. 내가 품에 안긴 고양이를 부드럽게 쓰다듬으며 이 고양이는 왜 나머지 검은색 고양이들과 달리 털이 밝은색 줄무늬인지 의아해하는 동안, 카를은 건초 더미 뒤에 살짝 숨겨져 있던 아기 젖병을 꺼냈다. 그러고는 땅바닥에 앉아 나무 벽에 등을 기대고 다리를 꼰 다음, 내게서 고양이를 다시 받아 들고 젖병을 물렸다. 파니는 카를에게 편하게 안겨 눈을 감은 채 우유를 한 모금씩 먹었다. 주둥이에서 우유가 조금 흘러나와 보드라운 털로 떨어졌다. 파니가 우유를 먹다가 자꾸 잠이 드는 바람에 수유에는 헌신뿐 아니라 마음의 여유와 인내가 필요했다. 지금 카를은 우리 사무실의 요가 강사가 점심시간마다 책상과 의자 사이에서 우리를 긴장 대신 마음 챙김 상태로 만들어 주려고 헛되이 애쓸 때 하는 말처럼 '평화로운' 상태였다.

카를은 우유를 다 먹고 잠든 파니를 작은 신발 상자 안에 다시 눕혔다. 그러고는 축사 문 앞에 잠깐 멈춰 서서 나무 들보에 놓여 있던 펜을 들고 벽에 걸린 메모지 속 표에 자기 이름과 현재 시각을 적었다. 청소부들이 공공기관에서 많이들 하는 일이었다.

"방금 뭐라고 적으신 거예요?" 내가 나가면서 묻자 카를이 대답했다. "간단한 내용이에요. 이유는 모르겠지만 파니는 태어나자마자 엄마 고양이에게서 버려졌거든요. 그래서 나랑 요한나가 직접 우유를 먹여 기르고 있어요. 언젠가 엄마 고양이가 다시 파니를 데려가길 바라면서요. 둘이 번갈아 가며 우유를 먹이는데, 밤에도 먹여야 하거든요. 이 표를 보면 누가 언제 먹였는지 알 수 있어요." 그가 문을 닫고 한숨을 내쉬었다. "그 베두인 노인이 이번에도 옳았어요."

"베두인 노인이라고요?"

"아, 그가 내가 말하려던 모하메드예요. 자, 잠깐 풀밭에 앉을까요?" 카를이 제안했다. "사막에도 의자는 없으니까요."

카를은 오래전에 이스라엘과 요르단을 여행했다. 우리가 지금 앉아 있는 이 땅을 사야 할지 말지 결정하기 직전이었다. 카를은 몇 년 안으로 자신의 행동반경이 고작 몇 헥타르로 줄어들기 전에 아무것도 바라는 것 없이 세상을 돌아다니고 싶었다. 예루살렘과 페트라 말고도 꼭 가보고 싶었던 장소는 요르단의 풍광이 출중한 사막 와디 럼이었다. 요한나와 카를은 한없이 넓은 사막을 며칠 동안 자유로이 돌아다니고 싶었지만 혼자 가면 길을 잃을 테니 그곳을 잘 아는 가이드를 찾았고, 가이드는 짧은 협상 후에 동행하기로 했다. 그의 이름은 모하메드로, 사막에 사는 유목민이었다. 그는 소매 폭이 넓고 발목까지 오는 하얀 옷을 입고, 머리에는 빨강과 하양 체크무늬 두건을 염소 털로 엮은 끈으로 동여매고 있었다. 나이를 밝히지는 않았지만 50대 초반이 분명했다. 모하메드는 말수가 적었지만 필요할 때는 무척 또박또박 말했다. 세 사람은 잊을 수 없는 나날을 함께 보냈다. 모래언덕을 오르고 바위를 탔다가 내려오고, 모래에 깊은 구덩이를 파고 막대기로 불을 피워 닭고기를 바삭바삭하게 구웠다. 밤이면 요한나와 카를은 이 세상 것이 아닌 듯이 아름다운 별들로 반짝이는 하늘에서 그들의 미래를 찾아보았다. 모하메드가 말없이 옆에 앉아 있는 대부분의 시간에 그들은 농장을 꾸리는 게 올바른 선택일지 아닐지 몇 시간이고 토론하곤 했다. 그러다가 한번은 카를이 사막의 아들 모하메드에게 그들이 얼마나 어려운 결정을 앞두고 있는지 손짓과 발짓으로 설명했다. 모하메드라면 어떤 결정을 내리겠느냐고 묻고 싶었다.

카를은 모하메드가 마치 영혼의 심연을 들여다보는 것처럼 자기를 보더라고 했다. 그런 다음 그는 두 사람에게 바로 대답하는 대신, 사려 깊은 질문 네 가지를 던졌다.

첫째, 그것이 당신에게 사랑과 평화를 주는가?

둘째, 그것이 당신에게 기쁨과 힘을 주는가?

셋째, 그것이 당신에게 자유와 자율을 주는가?

넷째, 그것이 당신에게 휴식과 안정을 주는가?

"그게 모하메드가 새로운 방향으로 떠나기 전 언제나 눈앞에 떠올리는 삶의 본질이었어요. 이 질문들을 혼자 되새겨 보려고 밤늦은 시각에 텐트에서 살그머니 나왔던 걸 지금도 기억해요. 그러자 요르단의 사막에서 모든 것이 아주 분명해졌죠. 농장을 사야겠다!"

카를은 그때 요한나가 속으로는 이미 그렇게 하기로 결정했다는 사실을 알고 있었다. 그날 밤 카를은 농장주가 되어 자신의 판단과 상황이 요구하는 바에 따라 하루하루를 꾸려 가기로 결심했다. 물론 쉽지 않은 과업이 되리라는 것은 알고 있었다. 휴일은 적고 일거리, 특히 육체노동은 많아질 테지만 진실로 추구하는 가치와 조화를 이루고 신선한 공기를 마시며 살아갈 수 있을 것이다. 감자에 시간적으로나 공간적으로 나 여러 제약을 받고 할 일도 많을 테지만 몸과 마음은 부지런히 움직이게 될 터였다.

"모하메드의 네 가지 질문은 오늘까지도 삶에 어떤 변화가 있을 때 내가 붙잡고 방향을 가늠하는 난간이에요." 카를이 말했다.

나는 그의 이야기를 곰곰이 되새기느라 한동안 침묵했다. 지금까지 내가 어떤 기준으로 결정을 내려 왔는지 딱 잘라 말하기가 어려웠다. 실은 구체적으로 생각해 본 적이 없었다. 내 삶의 양탄자에는 의도적으로 어떤 무늬를 짜는 붉은 실, 다시 말해서 뚜렷한 지침이 없었다. 나는 언제나 그때그때 상황에 맞추어 결정해 왔다. 구체적인 원칙 없이 나 자신과 친구와 가족과 함께 나아갈 방향을 조정했는데, 언제나 그들의 조언에 큰 가치를 두었다. 외부로부터 받는 영향과 타인의 기대가 나 자신의 직감만큼이나 큰 역할을 했을 것이다. 지금도 아마 많은 경우 똑같은 방식으로 결정할 것이다. 나는 대체로 운이 좋았다. 그럼에도, 모하메드의 질문을 더 일찍 알았더라면 좋았을 거라는 생각이 들었다. 그 질문들을 나 스스로에게 했더라면 내 결정이 얼마나 달라졌을까? 몇몇 고생은 하지 않았을지도 모른다. 어쨌든 결정을 내릴 때 어떤 개념이 마음에 평화를 주거나 붙잡을 손잡이가 되어 주거나, 또는 그 상황에서 나를 자유롭게 해준 적이 없었다. 그보다는 얼마나 안정적인 결정인지, 남들이 어떻게 생각할지, 내가 얼마나 불안한지 나 이 결정으로 내 사회적 지위가 얼마나 달라질지가 결정적인 기준 목록에 자리 잡고 있었다. 하지만 무슨 이유에서인지 카를에게 그 말을 당당히 할 용기는 나지 않았다.

카를은 내가 침묵하는 가운데 마치 내 머릿속을 들여다보기라도 한 듯이 말했다. "이 모든 것이 너무 단순하게 들릴 수도 있어요. 내게 경제적인 문제가 없었다는 뜻이 아니에요. 그게 오랫동안 밤잠을 설치게 하는 문제일 때도 있었죠. 특히 아이들이 아직 어렸을 때는 우리도 돈 문제로 참 어려웠고요. 하지만 결과적으로 선택은 옳고 그름의 문제가 아닐 거예요. 진정한 의미에서의 옳은 결정은 당신 본연의 모습이 되는 거죠."

"당신 말이 완전히 맞아요." 나는 그에게 동의했다. "그런데 아직도 궁금한 게 있어요. 파니의 일에서는 어떤 점에서 모하메드가 옳았다는 거예요?"

"아, 그렇지!" 카를은 그제야 기억해 냈다. "사막을 여행하는 동안 모하메드가 준 교훈이 또 하나 있어요. 요한나와 내가 다음 날 일정이 뭔지, 어떤 경로가 계획되어 있는지, 무슨 요리를 할 건지 물을 때마다 모하메드는 늘 네 단어로 대답했어요. '오늘은 오늘, 내일은 내일.' 처음엔 그가 무슨 말을 하고 싶은지 정확하게 몰랐는데 며칠 후에 깨달았어요. 지금 여기를 살고, 내일에 대해서는 너무 많은 생각을 하지 말라는 거죠. 어차피 모든 일은 생각한 것과 다르게 일어나니까요. 계획할 수 없는 일에 그냥 응하기. 파니도 마찬가지였어요. 그 고양이는 내가 수확에 한창 정신이 팔려 있던 날에 태어났어요. 그날 이후 나는 감자 농부라기보다는 고양이 아빠예요. 오늘은 사막이 아니라 하늘이 당신을 나에게 보냈고요. 이제 감자 선별하는 걸 좀 도와주세요. 하면서 당신을 바꾼 여행 이야기도 들려주고요."

12

 우리는 자유를 향한 순수한 갈망 때문에 학교 수업을 빼먹은 십대들처럼 정원을 나섰다. 내 삶에 큰 영향을 끼친 곳은 사막이 아니라 산과 바다였다고 카를에게 미처 말하기도 전에, 나는 또 다른 자연의 힘, 다시 말해서 카를의 감자 선별기에 깊이 감탄했다.
 따뜻한 초록색으로 칠해진 기계가 헛간 가장자리에 살짝 숨어 있었다. 기계의 한쪽 옆에는 붉은 벽돌 벽이, 반대쪽 옆에는 갈색 상자들이 쌓여 있었다. 기계는 폭보다는 길이가 길

쭉했고 나무틀에 체가 달려 있었으며, 모터는 작지만 강력했다. 이 나라에 얼마나 중요한 발명품인가. 나는 속으로 이렇게 생각했다. 이 감자 선별기의 작동 방식은커녕 생김새조차 아는 사람이 많지 않겠지만 만약 이게 기계가 아니라 사람이었다면 대통령이 초대해서 그 업적을 치하하며 차와 케이크를 대접해야 했을 것이다. 기계에서는 흙과 먼지와 식물의 냄새가 뒤섞여 풍겼다.

카를이 큰 소리로 소개했다. "이 기계는 내 삶에서 요한나 다음으로 중요한 여성*이에요. 제조사는 농기계 분야에서 유서 깊은 회사 '아마존'인데, 그 회사는 창업할 때 이름을 그리스 신화에서 여자들이 남자처럼 전투에 나섰던 부족에게서 따왔죠. 이 기계는 역사적으로는 보물이지만 정치적으로는 점점 더 현대식이 되어 간답니다."

카를은 남성이 아니라 여성이 미래를 선별하는 게 항상 더 나은 이유를 말했다. "온 세상 역사를 봐도 여성 독재자는 없어요. 이걸로 충분히 설명이 되죠." 그가 말을 마쳤다.

---

* 독일어에서 기계는 여성형 명사다.

그가 감자를 컨베이어벨트에 올리는 동안 나는 어떤 도구를 가장 자주 사용하는지 잠깐 생각해 봤다. 말 탄 여성이 아니라 한입 베어 문 사과 로고가 떠올랐다. 일주일에 7일, 하루 24시간을 나와 동행하는 휴대폰의 로고다. 밤에도 침대 옆에서 반짝인다. 휴대폰을 어딘가에 두고 온다면 내 모든 주소록이 사라져서 친구를 몽땅 새로 사귀어야 할 것이다. 휴대폰을 생각하면 나는 사회 발전보다는 세상의 너무 빠른 속도와 그 안에 사는 내 감정이 떠올랐다. 내 감정은 안정되어 있지 않고, 불안정하고, 늘 뭔가에 쫓겼다. 나는 어떤 기분을 느끼는지 제대로 알지도 못한 채 내면화된 속박에 내몰리곤 했다.

현재 내 삶에서 가장 중요한 도구는 여성이 아니라 위험한 과일인 것 같다고 카를에게 말할까 말까 잠깐 고민하는데, 요란하고 둔탁한 소리가 아날로그적인 현실로 나를 다시 데려왔다. 카를이 모터를 작동하자 헛간의 절반이 흔들리기 시작했다. 카를은 말한다기보다는 고함을 지르며 감자 선별의 원칙을 설명했다. "아주 간단해요. 큰 것은 자루에 담아 판매하고, 작은 것은 다시 심어서 충분히 자라기를 기다려요. 감자가 엄청나게 많긴 하지만, 나는 가끔 모든 감자와 짧막하게 이야기를 나누었거나 최소한 만져 봤다는 느낌이 들어요. 빼놓는 감자는 없고 모두 데려간다, 훌륭한 표어죠. 내가 여기서 감자를 골라내는 동안 말해 봐요. 당신의 인생을 바꾼 여행이 있었어요?"

카를에게 어떤 여행을 이야기할지 오래 생각할 것도 없었다. 그에 비해 이야기를 시작하는 건 쉽지 않았다. 나는 도입부를 부드럽게 시작하는 대신 깊이 고민하지 않고 곧장 어둠 속으로 발을 내디뎠다. "우리 가족이 오스트리아의 어느 작은 마을로 여행 갔을 때의 일인데, 엘리자베스라는 여자가 나를 창고에 가뒀어요."

기계가 요란하게 돌아가고 있었지만 내 말에 놀란 카를의 표정은 기계 속 감자보다 더 크게 흔들렸다. "어떻게 됐다고요?" 그가 바로 심각한 얼굴로 기계를 껐다.

"죄송해요. 방해할 마음은 없었어요. 하지만 오랫동안 나를 고민하게 만든 건 아름다운 여행과는 전혀 다른 경험인데, 태양과 모래사장 이야기를 하며 행복한 척할 수가 없어서요. 우리 가족과 제 몇몇 친구만 아는 얘기예요." 나는 말을 멈췄다. 카를이 기계 뒤에서 나오더니 상자 두 개를 끌고 와 붙이고는 이렇게 말했다. "앉는 게 낫겠어요."

나는 네 살 때 처음으로 가족과 함께 떠난 겨울 여행 이야기를 시작했다. 우리의 목적지는 오스트리아 티롤이었다. 호텔은 언덕에 아름답게 자리 잡고 있었고, 나는 친척 형이나 누나 들과 달리 아직 스키를 타본 적이 없었으므로 그곳에 있는 스키 학원에 갔다. 태어나서 한 번도 유치원에 다니지 않고 엄마와 할머니, 할아버지에게 무척 다정한 보살핌을 받으며 자란 나는 교육기관이라는 신세계에 들어가 보는 게 난생처음이었다. 낯선 사람이 나를 돌보는 상황은 그전에는 없었다. 하지만 나는 붙임성 좋고 활발한 아이였으므로 엄마는 그다지 걱정하지 않았고, 여행 첫날 아침을 먹자마자 나를 스키 학원에 데려다줬다. 전국 방방곡곡에서 아이들이 몰려왔고 스키 선생님 이름은 프란츠였으며, 활기차면서도 느긋한 분위기의 학원은 모든 것이 완벽하게 체계적인 것 같았다는 이야기는 나중에 들었다. 그곳은 관광객의 아이들이 눈 쌓인 언덕에서 즐거운 하루를 보내는 곳으로 유명했다. 아이들은 서로 인사를 나누고 짧게 설명을 들은 다음 다들 스키를 타러 제 갈길로 가버리고 나는 혼자 남았다. 그런 다음 정확하게 무슨 일이 벌어졌는지는 기억나지 않는다. 가족들이 나중에 설명해 준 내용만 들어서 알 뿐이다. 프란츠가 우리 아버지에게 이야기한 바에 따르면 나는 스키화를 신기도 전에 엄청나게 울었다. 처음에는 흐느끼다가 나중에는 목청껏 엄마를 부르며 울었다는 거였다. 나는 도무지 진정하지 못했고, 다른 아이들은 모두 리프트를 타러 가고 싶어 동동거렸다. 프란츠는 아직 너무 어려서 산에 올라가지 못하는 아이들을 돌보던 엘리자베스라는 보육교사에게 나를 맡긴 다음 다른 아이들을 데리고 출발했다. 내가 너무 심하게 날뛰고 팔다리를 휘젓는 바람에 엘리자베스는 하는 수 없이 나를 잡아 창고에 가뒀다. 우리는 그 교사가 그곳에서 얼마나 오랫동안 나를 분별 있는 아이로 만들려고 했는지 앞으로도 결코 알지 못할 것이다. 어쨌든 그 순간부터 기억이 난다. 창고는 아주 어두웠고 문 아래쪽에서만 빛이 조금 들어와서 빗자루와 양동이만 눈에 띄었다. 그때까지 나는 모든 것을 집어삼키는 종류의 공황에 대해 알지 못했지만, 그 뒤로는 한 번도 잊은 적이 없다. 공황이 내 안에 깊이 각인된 것이다.

내가 갇혀 있던 곳이 청소도구함이었다는 사실은 나중에 밝혀졌다. 엄마는 지금까지도 그날을 저주한다. 엄마가 오후 늦게 나를 데리러 왔을 때, 나는 다른 아이가 되어 있었다. 나는 그 일 이후 늘 불안해하고, 보호자가 늘 붙어 있어야 했고, 예민해졌다. 고향으로 돌아온 뒤로 나는 별안간 내 침대에서 혼자 잠들지 못하게 되었다. 복도에 밤새 불이 켜져 있어야 했고, 콘센트에는 비상시 복도로 가는 길을 알려줄 야간 조명이 꽂혀 있었다. 나는 초등학교 시절 내내 아침마다 스쿨버스 기사에게 오후에 나를 버스에 혼자 남겨 두지 말아 달라는 부탁을 잊지 않고 했다. 친구 마티아스의 생일 때는 내가 흐느끼며 책상 아래 들어가 쪼그려 있는 대재앙이 벌어졌다. 친구들에게 '어둠 속 숨바꼭질' 놀이를 하기 싫다고 말할 용기가 없었기 때문이다. 하지만 당시에는 사람들이 심리치료사를 찾아가는 일이 거의 없었다.

그날을 기억에서 지워 버릴 수 있다면 좋겠지만 그렇다고 우리 부모님이 비난받아야 할 이유는 없다. 세월이 흐르면서 나는 서서히 나아지기는 했지만 내면에는 영원히 뭔가가 남았다. 특히 여행을 가면 끔찍한 일이 벌어질지도 모른다는 불안을 도무지 털어 낼 수 없었다. 나는 여행을 가기 며칠 전부터 너무 긴장해서 아무것도 하지 못했다. 안전한 집에 돌아온 뒤에야 기억을 떠올리며 지난 여행을 즐길 때가 많았다. 그러면 눈을 반짝이며 낯선 나라와 매력적인 도시들에 대해 친구들에게 생생하게 말해줄 수 있었다.

이미 여러 번 겪은 불안뿐 아니라 진짜 공황 상태로 돌아가는 일이 생겼던 또 한 번의 여행이 있었다. 그때 나는 지금의 아내와 막 사귀게 된 참이었는데, 그녀가 크리스마스에 함께 태국에 가자고 했다. 함께 첫 휴가를 보내며 서로 더 가까워지고, 우리 둘 다에게 필요한 휴식도 취하자는 거였다.

아내는 당시에 내 불안에 대해 알지 못했다. 내가 똠카가이 접시 앞보다는 집 안 크리스마스트리 옆에 놓인 소파에 앉아 있기를 더 좋아한다는 사실을 몰랐다. 나는 매력적이고, 강하고, 세상 물정에 밝은 남자로 보이고 싶었다. 겁쟁이를 누가 좋아한단 말인가? 그래서 독일의 크리스마스캐럴과 9천 킬로미터 떨어진 곳에서 불안감과 싸웠다.

"2004년이었어요. 무슨 일이 일어났는지 설명할 필요도 없겠죠." 카를은 금방 알아들었다. "인도양에서 일어난 지진해일. 당신이 거기 있었다고요?" 내가 이야기하는 내내 카를은 팔꿈치를 무릎에 댄 채 시선을 바닥으로 내리깔고 있었다. 그러다가 고개를 들고 말없이 나에게 양손을 내밀었다.

"눈부신 아침이었어요. 하늘은 파랗고, 해변 방갈로 앞 바다는 평화를 기원하는 기도처럼 잔잔했죠."

마치 어제 일어난 일처럼 여전히 기억이 선명했다. 모든 것이 깊이 새겨져 있었다. 그날 아침 바다에서 수영할 때 몸이 약간 물살에 떠밀렸지만 나는 그다지 이상하게 생각하지 않았다. 아침 식사 전에 그날의 첫 차를 마시는 중이었는데, 수평선에 하얀 물거품이 이는 게 보였다. 북해에서 자란 내가 아내에게 말했다. "저기 봐. 물에서 거품이 일어. 분명히 모래톱이 있을 거야."

그 후에 상황이 급속하게 달라졌다. 우리 방갈로 옆 오두막에 있던 한 여행객이 흥분해서 해변을 따라 달리며 사방에 목청껏 소리쳤다. "쓰나미, 쓰나미다! 도망쳐요, 도망쳐!" 나중에 밝혀졌는데 그는 파리에서 온 지리 교사였고, 그래서 어떤 위험이 닥칠지 알고 있었다. 아내와 나는 쓰나미라는 단어를 들어 본 적이 없어서 무슨 뜻인지 알지 못했고, 그래서 방으로 돌아가 인터넷을 검색했다. 인터넷에서 위험을 알리는 소식을 보고 호텔 접수처로 가는데, 직원들이 "큰 파도"라고 소리치며 관광객들과 함께 마을 중앙 도로 쪽으로 달려갔다. 우리는 여전히 무슨 일이 벌어지는지 정확하게는 모른 채 젖은 수영복과 샌들 차림으로 다른 사람들과 함께 뛰기 시작했다. 그곳은 무척 작은 섬이었으므로 얼마 지나지 않아 어느 슈퍼마켓 앞에서 전 세계로부터 온 여행자 무리와 만나게 되었다. 백 명쯤 되는 사람들이 요란하게 여기저기 전화하는 와중에 덴마크에서 온 어떤 커플이 우리에게 설명해 주었다. 거대한 파도가 온 나라를 휩쓸어 사망자가 많이 발생했다고, 현재 그것 말고는 더 알려진 게 없다고, 파도가 격렬하지만 아직까지 이 섬은 안전하다고.

  분 단위로 새로운 소식이 들어왔다. 혼란스럽고, 정리하기 어렵고, 전체적으로 점점 더 걱정스러운 소식이었다. 세 시간쯤 뒤에 갑자기 중년의 태국 남성이 쇼핑 카트에 올라가 아시아 억양이 섞였지만 완벽한 영어로 모여 있는 사람들에게 말했다. 자신이 이곳 시장이고 엄청난 규모의 재난이 이 나라를 덮쳤으며, 앞으로 몇 시간 내에 더 큰 파도가 밀려올 텐데 이번에는 우리도 위험하다고 했다. 두 가지 방법이 있다고, 항구에 정박되어 있는 보트를 타고 멀지 않은 육지까지 각자 힘으로 가거나 섬의 약간 높은 언덕에 있는 숲으로 피난을 가야 한다고, 어떤 결정을 하든 신의 가호를 바란다고 했다.

그 시점까지 나는 어떤 식으로든 나 자신을 통제할 수 있다고 믿었다. 우리가 어떤 위험에 빠졌는지 알아차리기에는 너무나 비현실적인 상황이었다. 크리스마스에서 겨우 이틀이 지났고, 연말까지는 닷새가 남아 있었다. 그리고 나는 그때까지만 해도 아직 서로를 제대로 알지 못하던 여자와 완벽하게 낯선 세상에 던져져 있었다.

공황이 돌아왔다.

25년도 더 지났지만 순식간에. 내 머릿속 어느 시냅스 뒤에 숨어서 적당한 순간을 기다리며 끈기 있게 기다렸다는 듯이. 내 몸이 숨은 적이었다. 시장이 쇼핑 카트 연단에서 내려오는 사이에 나는 바닥에 쓰러졌다. 복통에 시달리는 것처럼 몸을 웅크리고 울었다. 누군가와 대화를 나눌 수 있는 상태가 아니었다. 없었던 일처럼 오랫동안 억눌러 왔는데, 갑자기 어두운 창고에 다시 갇혀 버렸다. 홀로 버려진 채 죽음의 공포를 느끼며. 내가 공황에 떨며 쓰러진 데에 오래된 이유가 있다는 사실을 몰랐던 아내는 나를 진정시키지 못했다. 그녀는 나 대신 결정을 내렸고, 그렇게 우리는 여행자들 쉰 명가량과 주민 스무 명쯤과 함께 숲으로 갔다. 여전히 수영복을 입은 우리는 닥칠 운명을 기다렸다. 한 시간, 또 한 시간이 흘러갔다. 바다가 위협하는 소리가 들려왔고, 해가 지면서 추위도 몰려왔다. 나는 긴장해 뻣뻣해진 다리와 몸을 떨며 말없이 나무에 기대어 앞만 노려봤다. 한마디도 나오지 않았다.

정말로 심각한 상황이 닥치면 마치 내가 영화관에 앉아 있는 것처럼 느껴진다. 나는 영화 속 장면의 일부가 되지만 벌어지는 사건은 내 것이 아니다. 구조대가 불쑥 나타났다. 알록달록한 패치가 달린 잿빛 비행 재킷 차림이었다. 태국군 조종사들이었다. 그들은 우리에게 담요를 덮어 주고, 위험이 지나갔다고 안심시켰다. 이유를 알 수는 없지만 파도가 이 섬을 그냥 지나갔다고, 방갈로로 돌아가도 된다고 했다. 우리는 가장 끔찍한 사태를 떠올리며 끔찍한 공포에 시달렸는데, 결과적으로는 이루 말할 수 없이 운이 좋았다. 전화망이 전국적으로 전부 무너진 상태였기에 가족과 친구에게 우리가 살아 있다는 소식을 며칠 동안이나 전할 수 없었다. 엄마와 아빠는 집에서 TV 앞에 앉아 걱정과 공포로 수없이 죽었다.

나는 아내에게 엘리자베스와 그 산, 어두운 창고, 이곳 낙원에서 나에게 갑자기 닥친 불안과 공황에 대해 고백했다. 우리가 원하던 휴식은 얻지 못했다. 그러나 우리가 그보다 더 서로를 잘 알게 될 수는 없었을 것이다.

13

 "지금 여기 앉아 있을 수 있다는 것," 내가 카를에게 말했다. "우리에게 새로운 인생이 주어졌다는 건 기적에 가까워요. 나는 한없이 감사하는 마음이에요."

 카를과 나는 자리에서 일어나 말없이 포옹했다. 이런 경우 나는 침묵에 익숙했다. 안타깝다는 말 외에 달리 무슨 말을 할 수 있을까? 이 이야기를 들은 몇 안 되는 사람들은 대개 당황했고, 경우에 벗어나는 말을 하지 않으려고 노력했다. 하지만 카를은 전혀 달랐다. 그는 나를 똑바로 바라보며 말했다. "당신은 스스로를 겁쟁이라고 생각할 수도 있겠지만, 내가 보기엔 영웅이에요. 두 번이나 그런 상황에 처했다니 물론 정신 나간 일이죠. 아니면 운명이나, 다른 뭐가 됐든요. 하지만 그걸 말할 용기를 냈다는 게 정말 대단한데요. 상처받지 않고 살아가는 사람은 아무도 없어요. 한 가지 물어봐도 되나요?"

"그럼요." 나는 그의 이런 반응이 기뻤다.

"그 마을이나 그 섬에 다시 가본 적 있어요?"

"그렇기도 하고, 아니기도 해요."

나는 30년이 지나 친구와 함께 티롤 지방의 산을 여행하다가 일부러 그 마을에 들렀다. 스키 학원은 여전히 그 자리에 있었고, 아이들이 정원에서 놀고 있었다. 나는 학원 울타리 앞에 서서 보육교사에게 엘리자베스라는 여자가 아직 일하는지 물었다. 아니라고, 그녀는 은퇴했다고, 하지만 바로 건너편, 발코니에 제라늄이 핀 집에 산다는 대답이 돌아왔다. 나는 그 집으로 가서 초인종에 적힌 이름을 읽었다. 'E. 피흘러'라고 쓰여 있었다. 초인종에 손을 올리다가 정신이 돌아와서 발길을 돌렸다. 나는 배상이나 사과를 원하지 않았다. 그저 그곳을 떠나고 싶었다.

잠깐 말을 멈춘 나는 뭔가를 떠올렸다. "그건 그렇고, 제 트라우마 치료에 효과가 가장 좋았던 건 반려동물용품 가게 직원의 말이었어요."

"좋아요, 흥미진진하군요." 카를이 말했다.

"그 사람 말이, 앵무새를 너무 오랫동안 새장에 가둬 두면 안 된다더군요. 그랬다가는 앵무새가 바깥세상을 무서워해서, 나중에는 새장을 떠날 엄두를 내지 못한대요. 아주 단순한 지혜가 깨달음을 줄 때가 많아요."

카를이 내 어깨에 팔을 두르고 물었다. "오늘 하루를 시작했을 때처럼 끝내는 거, 어떻게 생각해요?"

그렇게 해서 우리는 자전거에 앉아―카를이 내게도 한 대 빌려주었다―저녁의 부드러운 주행풍을 맞으며 호수로 향했다.

발밑에서 숲길이 느껴지고 물 냄새가 풍겨 온 뒤에야 오늘 하루의 크기가 온전히 느껴졌다. 우리가 나눈 대화가 너무나 특별하고 감동적이었기에 하루 종일 다른 세상에 있었던 것 같은 느낌이었다. 이곳은 오늘 아침 호수에서 수영해 보자는 즉흥적인 아이디어를 따라왔다가 우연히 발을 들여놓게 된 카를의 세상이었다. 그리고 이제 그와 함께 다시 그 호숫가에 왔다.

나는 카를이 오늘 아침 우리가 처음 만난 벤치로 가서 옷을 벗고 말없이 호수로 미끄러져 들어가는 모습을 지켜봤다. 이번에는 그가 용기를 북돋아 줄 필요가 없었다. 나는 옷을 벗고 그와 똑같이 했다. 우리는 말없이 원을 크게 그리며 수영하고, 짧게 잠수도 하고, 등을 수면에 대고 누워 하늘을 바라보며 둥둥 떠다니기도 했다. 물이 차가웠는지 아니면 따뜻했는지 기억나지 않는다. 하지만 마지막으로 이렇게 저녁 늦게 밖에서 수영한 게 언제였는지는 확실하게 기억한다. 고향의 야외 수영장에서였다. 나와 친구들은 수영장 규칙을 어기고 울타리를 넘어 몰래 들어갔다. 여자 넷과 남자 셋이었고, 대학 입학 자격시험을 치르기 직전이었다. 이런 일은 평생 기억에 깊게 새겨지는 법이다. "나이 들어 돌아보며 즐길 추억을 충분히 쌓으렴!" 풍부한 인생 경험을 자랑하는 독일어 선생님이 언제나 하시던 말이다. 우리는 그분의 말을 그대로 실천에 옮겼다.

나는 호수에서 나와, 카를이 아침에 만들어 둔 벤치의 웃는 얼굴 모양을 보고서 입을 열었다.

"오늘 아침에 당신이 바란 소원을 내가 이루었네요." 나는 그에게 말하며 벤치 위의 웃는 얼굴을 가리켰다. "정말 멋진 하루였어요."

이번에는 내가 몸을 숙이고, 카를이 만든 상냥한 기념물을 따라 만들기 위해 땅바닥에서 나뭇가지와 돌을 주웠다. "두 번 하면 더 오래가겠죠."

카를이 내 시선을 마주했다. "우리 둘을 보고 있자니, 이런 여름이 틀림없이 스물다섯 번은 남아 있을 것 같군요."

14

 집에 도착한 나는 현관 옷걸이 바로 옆에 있는, 바닥까지 오는 긴 거울 앞에 멈춰 섰다. 거울 속 나를 가만히 마주 봤다. 머리부터 발끝까지 천천히 훑고, 눈을 조용히 깊게 들여다 봤다. 삶이 어떻게 달라질지 이해하고 싶을 때면 이렇게 거울 속 내 모습 앞에 멈춰 서는 일이 하나의 의식이 되었다. 내 몸과 생각에서 벗어나, 일어난 일을 바깥에서 관찰하는 의식이었다. 나는 잠시 스스로에게서 벗어나는 것을 도망이라고 생각한 적이 한 번도 없었고, 항상 마음을 정화해 주는 관점의 변화라고 생각해 왔다.

부모님 집에 살 때도 거울은 나에게 의미가 있었다. 이것보다 훨씬 작고 욕실 문에 걸려 있던 거울이었지만 내 청소년기의 꿈과 희망은 거기에 더도 덜도 말고 그대로 반영되어 있었다. 나는 그때 팝스타나 프로 테니스 선수가 되고 싶었다. 그래서 오후에 학교가 파하면 그 거울 앞에서 혼자만의 콘서트를 열거나 윔블던 결승전 경기를 흉내 내곤 했다. 스피커 볼륨을 최대로 올리고 프레디 머큐리 분장을 하고는 엄마의 헤어 롤을 마이크처럼 손에 쥐고 몇 시간이나 퀸의 노래를 불렀다. 매진된 공연장에서 팬들이 머리 위로 손을 올리고 내 손짓의 리듬에 따라 손뼉을 치거나 사랑 노래를 들으며 라이터를 흔드는 낭만적인 장면을 상상했다. 또는 내 우상인 보리스 베커가 매치 포인트 후에 승리에 취해 무릎을 꿇는 모습을 흉내 내기도 했다. 나는 그 장면들을 아주 세세하게 그려냈다. 내 발밑에 윔블던의 신성한 잔디밭이 아니라 차가운 타일이 있다는 점만 달랐다. 상상 속에서 나는 당연히 무척 유명했다. 온 세상 여자들이 갓 태어난 아기에게 내 이름을 붙였으며, 나 때문에 자기 남편을 떠나겠다고 했다. 하지만 나는 줄리아

로버츠의 연인이었다.

　오랜 세월이 흐른 뒤에 나는 재킷을 어깨에 걸친 채 이 거울 앞에 서 있다. 하지만 지금은 청소년의 과대망상이라기보다는 어른의 현황 파악에 가깝다. 오늘 아침만 해도 나는 장거리 비행을 하는 느낌이었다. 자세는 잔뜩 수그러든 데다 안색은 창백하고 너무 피곤했다. 하지만 지금은 짧은 휴가를 다녀온 듯한 기분이었다. 몇 시간 동안 받은 수많은 새로운 영감에 마음이 풍성해지고 설렜다. 방금 떠나온 해변의 바가 살짝 그립고 아쉬울 때와 비슷한 느낌이었다. 조용히 현관을 지나 부엌으로 가서 물 한 컵을 들고 식탁에 앉았다. 나무 상판에 말라붙은 붉은 소스와 파르메산 치즈 가루가 남아 있었다. 우리 가족이 지난주에 맛있게 먹은, 싱싱한 토마토와 치즈를 듬뿍 넣은 파스타의 흔적이었다. 나는 집에 늦게 들어왔을 때 부엌에 남은 흔적으로 저녁 식사 메뉴가 뭐였는지 알아맞히는 놀이를 좋아했다. 그런 행위는 평범한 일상이 특별한 무언가의 일부라는 느낌을 주었다. 부엌에 남아 있는 그릇은 내 영혼을 위한 스도쿠였다. 이런 하루를 보내고 평소처럼 잠자리에 들 수는 없다. 벌써 몇 주 전부터 보리수나무 아래에서

잠을 자보겠다고 마음먹었던 게 떠올랐다. 그러기 위해 특별히 사둔 부드러운 덮개를 침상에 깔고 자야지. 오늘이 아니라면 언제 그렇게 하랴.

나는 소파 쿠션과 양모 담요를 들고 테라스 문을 옆으로 밀었다. 밤공기가 온화하니 몸이 얼지는 않을 터였다. 신발과 양말, 바지를 벗고 담요를 몸에 따뜻하게 둘렀다.

스물다섯 번의 여름.

이 하나의 단어, 이 하나의 숫자. 여기에 얼마나 큰 의미가 있을까. 그런 생각은 한 번도 해보지 못했었다.

내가 눈을 감았을 때, 사방이 완벽하게 조용했다.

15

몇 시간 뒤에 눈을 뜬 나는 내가 어디에 있는지 알아채는 데 시간이 좀 걸렸다. 휴대폰 시계가 7시 54분을 가리키고 있었는데, 배터리가 얼마 없었다. 이렇게 오래 잔 것은 몇 주 만이었다. 나는 옆으로 돌아누워 다리를 구부리고, 머리를 받치듯이 한 손을 그 아래에 넣었다. 연한 아침 안개가 공기뿐 아니라 내 영혼도 덮고 있었다. 뭐가 꿈이고 뭐가 현실인지 잠깐 생각하게 만드는 초현실적인 순간이었다. 아주 천천히 정신을 차리는 동안 내가 왜 이 바깥 침상에 누워 있는지 머릿속을 다시 한번 더듬으며, 담요뿐 아니라 내 몸도 흔들어 보았다. 온몸이 조금 쑤시는 데다 옷은 거추장스러울 만큼 축축했고, 머릿속에서 걱정의 회전목마가 곧장 돌아가기 시작했다. 이유는 모르겠지만 양심의 가책이 느껴졌다. 혹시 어제 아주 많은 일들을 겪었으면서도 정작 해야 할 일은 너무 적게 했기 때문일까? 나는 담요와 쿠션을 말아 들고 약간 멍한 상태로 집 안으로 들어갔다. 충전기에 꽂은 휴대폰을 들고 부엌 식탁에 앉아 아내에게 문자 메시지를 보냈다. 아내가 그리웠다. 어제 통화한 게 마지막이었다. 곧장 온 아내의 답장이 마음을 따뜻하게 해주었다. "사랑하는 여보! 당신이 왜 정원에서 자는지, 뭘 하는지 모르겠네??? 하지만 오늘 저녁에 다 이야기해 주겠지. 기대돼. 난 지금 마지막 세미나에 가야 해. 당신이 좀 쉴 수 있기를. 사랑해!"

아내의 메모는 내게 세계문학이었다. 버터통에, 열쇠고리에, 욕실에 메모가 붙어 있곤 했는데 대부분은 이랬다. "우유가 없어. 2리터로 사다 줘! '고지방'으로! 사랑해!" 또는 "율레랑 영화관에 왔어. 팝콘 사 먹을 돈을 당신 지갑에서 꺼내 왔지. 사랑해!" 한번은 여행 중 밤에 호텔에서 세면도구 가방을 열었다가 이런 쪽지를 발견하기도 했다. "얼른 돌아와. 당신이 그리워. 언제나 사랑해!" 그런 메모는 일상적이고 간단한 소식일 뿐이지만 내가 더 커다란 전체의 일부이며 진정한 가족의 일원이라는 느낌을 주었다. 아내와 나는 사랑하는 것과 사랑받는 것이 인생의 전부라는 데 의견이 일치했다.

카를은 저녁에 호수에서 수영을 하고 헤어지면서 내게 쪽지를 주지는 않았지만 다음 초대를 남겼다. "원하는 만큼 오랫동안 내 자전거를 가지고 있어도 돼요. 하지만 내일 돌려주고 싶다면 다시 우리 집에 들러요. 일요일이잖아요. 나는 일요일이면 밭에 있거나 게으름을 피우거나 둘 중 하나예요."

계획 없는 하루가 내 앞에 놓여 있었다. 다시 침대에 누울 수도, 쌓여 있는 이메일에 답장을 보내며 다음 주를 준비할 수도 있다. 그러다가 카를의 욕실에 걸려 있는 글이 떠올랐다. 나 자신에게 한 약속, 순간을 소중히 여기겠다는 약속이었다. 많은 업무와 책임에 치여 타인을 향한 관심을 잃지는 않겠다고 오래전에 다짐했었는데.

에스프레소 주전자를 가스레인지에 올린 다음 목욕물을 받았다. 카를과 요한나에게 빵을 가져다주는 게 어떨까?

16

나는 양귀비씨 빵 다섯 개와 크루아상 세 개, 그리고 살 수도 직접 구울 수도 없는 즐거움을 팔에 끼고서 카를에게서 빌린 접이식 자전거를 타고 우리 집 정원 울타리에서 카를의 농장으로 경쾌하게 출발했다. 반바지와 펄럭이는 셔츠 차림으로 좁다란 모랫길과 나무 널빤지 다리와 한없이 긴 옥수수밭을 지났다. 친구인 톰 소여에게 가는 허클베리 핀이 얼핏 떠올랐다. 내 청소년기에 그보다 큰 감동을 준 소설은 없다. "그날 하루가 네 삶에서 가장 아름다운 날이 될 기회를 매일매일 주어라." 그 소설에서 제일 중요한 문장이었다. 단순한 문장이지만 내가 잘 실천했더라면 좋았을 텐데.

그런데 페달을 밟을수록 마음이 불편해졌다. 처음에는 단지 피곤해서라고 생각했다. 그러다가 내가 수년에 걸쳐 배운 것―자기방어와 통제, 사람 사이에 경계를 설정하는 일, 퍼스널 스페이스 확보, 특히 감정과 상처에 예민하게 깨어 있기, 손에 고삐를 쥐고 카드 패를 최대한 몸에 바짝 붙여 남에게 보이지 말기―등을 지키지 못할까 봐 무서워하고 있다는 사실을 깨달았다.

어제 일에 대한 느낌이 그저 내 상상에 불과하다면 어떡하지? 카를은 빈말로 다시 초대했을 뿐인데 내가 어제 일에 카를보다 더 큰 의미를 부여했다면? 타인을 방해하는 존재가 되는 건 정말 끔찍하지 않을까. 게다가 오늘은 일요일인데. 새로운 사람은 새로운 영감과 새로운 생각, 낯선 관점 그리고 세계가 확장되는 것을 의미한다. 하지만 그건 거부당하는 일과 실망, 다툼으로도 이어질 수 있으며, 불현듯 감동적일 만큼 부드럽게 도로를 덮지만 밤새 금방 녹아 버리는 첫눈처럼 덧없을 가능성도 언제나 존재한다.

나는 카를의 집에 도착해서 현관 초인종을 눌렀다.

카를이 곧장 내 앞에 나타났다. 그는 맨발에 파랑과 하양 줄무늬 잠옷을 입고 있었고, 머리카락은 어느 방향으로 가야 할지 의견 통일을 보지 못한 채 여기저기로 뻗쳐 있었다. 나는 그 모습에 놀랐지만 그가 양팔을 활짝 벌렸으므로 상냥한 마음을 곧바로 알아챘다.

"다시 왔군요. 반가워요! 또 들러 주기를 바라고 있었답니다." 그의 환영 인사가 나를 포근하게 감쌌다. "보시다시피 오늘 나는 밭에 안 가고 늘어져 있기로 했어요. 하지만 뭘 택하든 배가 고픈 건 같네요. 아침 드셨어요?"

나는 그에게 빵 봉지를 건넸다.

"당신은 정말이지 하늘이 보내준 사람이라니까요!" 그가 기뻐했다. "일단 들어가요. 서재가 제일 좋겠어요. 나머지는 내가 가져갈게요."

나는 마음을 놓고 서재 소파에 앉아서 생각했다. 왜 나는 참새처럼 날아가는 동안 뇌의 절반을 꺼버리지 못할까. 그렇게 할 수 있다면 소심한 의심과 어쩌면 카를이 나를 반기지 않을지도 모른다는 쓸데없는 걱정을 여기 오는 동안 이미 마비시켰을 텐데.

카를은 굶주린 사자처럼 식욕이 넘치는지 군침 도는 음식이 가득 차려진 쟁반을 들고 들어왔다. 직접 만든 듯한 딸기잼과 블루베리잼이 담긴 그릇 두 개, 이웃이 준 꿀, 막 자른 베이컨과 호두, 피스타치오, 살라미를 담은 접시, 올리브유에 담근 양젖 치즈 세 덩이, 부추와 달걀 두 개가 담긴 유리그릇, 가염 버터, 무화과 한 줌, 향기로운 커피. 미식가의 식탁에 유일하게 어울리지 않는 것은 커다란 병째로 가져온 너트 누가 크림이었다.

그는 이 모든 것을 세심하게 소파 탁자에 늘어놓고 내 맞은편에 앉았다. "요한나와 나는 일요일 아침마다 부엌이 아닌 곳에서 풍성한 식사를 해요. 공간과 생각에 변화를 주는 거죠. 맛있게 들어요!"

"부인은 함께 식사하시지 않고요?"

"아내는 이미 말을 타러 나갔더라고요. 내가 너무 늦게까지 잔 모양이에요. 둘이 못 만나서 안타깝군요."

우리는 빵 하나를 다 먹을 동안 말이 없었다. 그러다가 나는 '게으른 일요일'이라는 말 뒤에 구체적으로 어떤 뜻이 숨어 있는지 물었다.

"그건 내가 오래전에 일부러 도입한 단어예요." 카를이 설명했다. 농부인 그는 정해진 작업 시간은 없지만 늘 뭔가 할 일이 있었다. 농부에게는 사무실이 문을 닫는 주말도, 제출할 휴가 요청서도 없다. 그렇지만 일상에는 구조가, 몸에는 휴식이, 마음에는 다른 형태의 생활양식과 변화가 필요한 법이다. 농부에게는 농사가 아닌 뭔가가 있어야 했다. 어차피 그는 하루 종일 몸을 움직이니 쉬는 날에 체육관으로 달려갈 필요는 없었다.

"나는 감자가 아주 절박하게 부탁하는 일요일에만 특별히 밭에 간답니다."

그가 일어나 책상으로 가더니 초록색 전기스탠드에 기대 있는 엽서를 가져와 나에게 건넸다. "이 사진이 일요일에 대한 내 견해예요." 사진에는 짙은 색 선글라스를 쓰고 60년대식 꽃무늬 원피스를 입은 여성이 오렌지색 길쭉한 그네 의자에 느긋하게 누워 있고, 그 아래에 이렇게 인쇄되어 있었다. "아무것도 하지 않는 것만으로 얼마나 많은 재난이 예방되었는가."

"안락한 견해예요." 나는 웃음을 터뜨렸다. "일하고 싶은 마음이 들 땐 어떻게 하세요?"

"간단해요." 카를이 대답했다. "세상을 바깥에 그대로 내버려두고 속도를 늦춰요. 문자도, 인터넷도, 전화도, TV도, 주의를 금방 산만하게 만드는 그 무엇도 하지 않아요. 그 대신 백일몽을 꾸고, 창밖을 내다보고, 정원을 한 바퀴 돌고, 생각에 잠기고, 잘 먹고, 양심의 가책 없이 졸기도 하죠. 20분만 아무것도 읽지 말고, 게임도 하지 말고, 정리도 하지 말고, 아무것도 듣지 말아 봐요. 시간을 느긋하게 보내고 아무 일도 하지 않는 것은 배워야 하는 그 무엇이랍니다. 정말이에요. 아주 놀라운 일들은 천천히 생기는 법이니까요."

"무슨 뜻인가요?" 나는 더 자세히 알고 싶었다.

"노래를 쓰고, 도자기를 빚고, 희귀 식물을 연구하고, 위대한 사랑을 만드는 이 모든 일에는 긴 시간이 필요해요. 깊이 생각하는 사람만이 진정으로 새로운 것에 도달하죠. 창의력은 공감과 지루함에서 생겨나고 아름다움은 금방 이루어지지 않아요."

그는 크루아상을 반으로 잘라 잼을 듬뿍 바르고 그 위에 양젖 치즈를 한 조각 얹었다. "그거 알아요? 나만의 의견이 또 하나 있는데 말이죠." 그가 음식을 씹으며 말했다. "평화로운 사람들은 전부 사려 깊어요. 빨리 결정하는 사람들이 혼란을 일으키죠. 앞서가는 아이디어로 떠오르는 기업 중 한 곳이 지난 연말에 나를 거의 돌게 할 뻔했답니다."

카를이 말하는 사건은 12월 31일 저녁 7시 무렵에 일어났다. 식탁을 차리고 집을 꾸미는 등 새해를 맞을 준비가 다 끝나자 그는 그해가 가기 전 마지막으로 마을 연못 주위를 한 바퀴 돌까 생각했다. 하늘이 맑았다. 거리에는 카를뿐이었다. 어디선가 폭죽이 터지는 소리에 그의 시선이 하늘로 향했다. 불꽃은 보이지 않았지만 그는 이상한 것을 발견했다. 눈에 띄게 환한 일련의 광점들이 창공에 일정한 간격으로 배열되어 마치 자처럼 늘어서 있었다. 이 점들은 같은 방향으로 움직이며 서서히 위로 올라갔다. 이 빛의 점 행렬은 몇 분간 계속됐다.

카를은 자신은 정말로 음모론을 믿지 않는다고, 하지만 그런 장면은 한 번도 본 적이 없었기에 그게 낯선 은하에서 습격해 온 미확인 비행물체라는 생각이 저도 모르게 떠오르더라고 했다. 이윽고 반짝이는 빛의 행렬이 사라졌고, 그는 혼란스러운 심정으로 집으로 돌아갔다. 그러고는 방금 본 장면을 곧장 집에 모인 손님들에게 전했다. 도무지 못 믿겠다는 눈길과 머리카락이 쭈뼛 서는 별똥별 가설이 반응으로 돌아왔다. 한 친척은 카를에게, 손님을 초대한 집주인이 어쩌다 자정을 한참 남기고 벌써 이렇게 취했느냐고 질책했다. 그는 그런 모욕을 감수하고 싶은 마음이 없었으므로 다음 날 바로 진상 규명에 나섰다. 처음에는 아무것도 찾지 못했지만 이틀 뒤에 슈퍼마켓 계산대에서 수수께끼의 해답을 발견했다. 지역신문 1면에 기사가 실린 것이다. "비행접시들의 행진"이라는 제목이었다. 사실 그 빛은 화성인의 침공이 아니라 오로지 전 세계에 지금까지보다 더 빠른 초고속 인터넷을 공급하는 게 목적인 어느 미국 기업이 쏘아 올린 위성들이었다. 그 비행물체는 60개씩 묶인 채 로켓에 실려 발사되어, 이제 줄지어 지구 주위를 돌고 있다. 천문학자들은 신문 기사에서 우주에서의 교통량 증가로 위성끼리 고속도로에서 발생하는 것과 같은 충돌을 일으킬 수 있다고 우려했다. 또 위성에 반사된 햇빛은 천문 연구자들이 별을 관측하는 일을 점점 더 어럽게 했다. 이 때문에 앞으로 전례 없고 극적이며, 어쩌면 돌이킬 수 없는 밤하늘의 변화가 나타날지도 모른다고도 했다. 2030년까지 7만 5천 개의 비행물체가 하늘을 떠돌게 될 것이다.

"세상은 속도를 절실하게 줄여야 하는데, 하늘에서는 터보엔진이 가동되고 있어요. 내 생각에는 누군가 최대한 빨리 정지 버튼을 눌러야 해요." 카를이 말했다.

나는 동의의 뜻으로 고개를 끄덕였다. "정말이지 정신 나간 일이죠. 하지만 제 경험상 올림픽 모토처럼 더 높이, 더 빨리, 더 멀리 전속력으로 움직이는 회전목마에서 뛰어내리기는 정말 쉽지 않던걸요."

"당신에게 그 일이 어려웠으리라는 걸 이해할 수 있어요."

나는 남은 크루아상 반쪽을 들어 접시에 덜어 둔 꿀에 담갔다.

"쉽지 않아요. 전혀 쉽지 않죠. 하지만 생각해 보면 전 이미 한번 그랬던 적이 있어요."

그렇게 해서 나는 어린 시절의 엄청난 테니스 열정에 대해 이야기하기 시작했다.

　나는 여덟 살에 처음으로 테니스 채를 손에 쥐었다. 첫날 이미 그 스포츠를 향한 굉장한 사랑에 불타오른 상태였다. 매일 수업을 마치자마자 예외 없이 자전거를 타고 테니스를 연습하러 갔고, 주말이면 종일 테니스장에서 시간을 보냈다. 친구들과 나는 오후마다 쉬지 않고 테니스를 치며 어두워서 더는 보이지 않을 때까지 공을 쫓아다녔다. 언젠가 한 번은 저녁에 깜깜해지고 나서 타이 브레이크*에 다다라 손전등을 비추며 공을 치려고 애쓴 적도 있었다. 경기가 끝나면 밀 맥주잔에 탄산음료를 따라 마셨다. 저녁에는 가끔 테라스에서 함께 바비큐를 하기도 했다. 리그전에서 다른 클럽을 이기면 기뻐서 원을 그리며 깡충깡충 뛰었다. 우리는 포부가 있었고, 백핸드가 포핸드랑 비슷한 힘을 낼 때까지 오랫동안 연습했지만 모든 것이 편하고 가벼웠으며 성적에 대한 부담이나 혹독한 공명심과는 거리가 멀었다. 경기에서 지면 털어 버리고 금방 열정적으로 다시 시작했다. 나는 지금도 운동이든, 정치든,

---

* 테니스에서 게임이 듀스일 경우 12포인트 중 7포인트를 먼저 획득한 자가 승리하는 경기 방식.

일이든, 공부든 무언가에 진정으로 몰입하면 언제나 이런 식으로 진행된다고 믿는다. 대개는 새로운 것에 서서히 관심이 생기면서 시작된다. 자신의 능력을 가늠해 보고, 직접 탐색하고, 한계에 도달하고, 벽 너머에 어떤 새로운 세계가 있는지 알아내기 위해 벽을 넘는 것이다.

"나는 누구인가? 무엇을 할 수 있나? 내 운명은 무엇인가? 하지만 이 질문은 틀림없이 위성으로 우주를 탐험하려는 학구열 넘치는 연구자들에게도 적용됐을 거예요. 진리에 매혹된 발명가, 지치지 않는 호기심으로 일을 벌이는 인류 말이에요." 나는 깊이 생각하며 말했다.

"당신 말이 맞아요." 카를이 동의했다. "당신의 경우에는 어떻게 됐는데요?"

"새 트레이너와 더 넓어진 테니스 코트가 생겼죠." 나는 말을 이었다.

새 트레이너 외르크는 방학이 끝나고 우리 테니스 클럽에 왔는데, 청소년을 주로 맡았다. 그는 곧장 나에게 아주 중요한 사람이 됐다. 그는 우리에게 정말로 관심이 많았고 우리와 열정을 공유했으며, 현명한 조언을 해주고, 부담을 주지 않으면서도 우리가 내면에서 최선의 것을 꺼낼 수 있게 도와주었다. 그는 사람을 낚는 어부였다. 다들 그를 좋아했고, 그의 열정은 우리에게 날개를 달아 줬다. 그는 내가 테니스에 재능이 있다는 걸 알아챘다. 그가 나를 따로 가르치는 일이 점점 늘어났고, 나를 시합에 등록시키기도 했다. 우리는 주말마다 경기에 나섰다. 처음에는 가까운 곳으로 갔지만 점점 더 먼 곳으로 떠났고 승리의 의미도 중요해졌다. 외르크는 나에게 부담을 주지 않으면서 열정을 이끌어 내는 방법을 알고 있었다. 어쩌다 지면 아이스크림 두 스쿱을 사주면서 결국은 두 세트만 이기면 되는 문제라고 위로했다.

재미있었다. 다행스럽게도 나를 질투하는 사람은 어디에도 없었고, 다들 내 승리를 기뻐해 줬다. 유난히 엎치락뒤치락했던 결승전에서 이기면 친구들은 나를 레이싱 선수처럼 어깨에 태우고 코트를 돌았다. 그러다가 언젠가 주립 테니스 클럽에서 부모님에게 연락을 해왔다. 나에게 평균 이상의 재능이 있다며 클럽 주전 선수로 뽑고 싶다고 했다. 제대로 훈련하면 탁월한 선수가 될 수 있다는 거였다. 하지만 나에 대한 그들의 믿음은 내가 지금의 환경을 전문적이고 집중적인 훈련 환경으로 바꾸기 위해 고향의 테니스 클럽을 포기하는 데 동의해야 한다는 의미였다. 나는 어렸고, 당시에는 그 스포츠가 내 인생 자체처럼 보였다. 그 결정에 어떤 의미가 있을지 멀리 내다볼 눈이 없었다. 부모님은 내 선택을 온전히 존중해 주었고, 외르크는 이것이 내가 선택 가능한 유일무이한 절호의 기회라고 여겼다. 내가 생각하기에 그는 코치로서 나를 놓아주기가 아쉬웠지만, 그 길을 가라며 나에게 용기를 준 걸 보면 아쉬움보다는 나에 대한 자부심이 컸던 것 같다.

"그래서 난 그렇게 하기로 했어요. 용기를 냈죠."

나는 말을 멈추고 남은 커피를 마셨다. 카를은 관중석에서 그랜드 슬램 결승전을 관람하는 사람처럼 긴장한 표정으로 나를 보다가 이렇게만 말했다. "점점 흥미진진해지는데요!"

"글쎄요, 어쩌면 그냥 더 진지해지고 더 결과 지향적으로 변한 걸 수도 있고요." 나는 이렇게 대답하고 다시 설명을 이어 갔다. "훈련 프로그램은 항공사의 비행 일정처럼 빈틈이 없었어요. 치기, 뛰기, 땀 흘리기, 잠깐 쉬기, 먹기, 다시 시작. 그리고 동기를 부여하는 외르크 대신 펠트 공을 500번이나 정확하게 같은 지점으로 쏟아 내는, 냉혹한 녹색 테니스 연습 기계가 있었죠."

기계는 속도만 달라졌다. 시간이 갈수록 공이 점점 빨리 튀어나오는 바람에 나중에는 지쳐서 공을 알아보지 못했고, 노란 점들이 눈앞에서 형체를 알 수 없는 흐릿한 덩어리로 변했다. 이따금 나 자신이 방망이를 프로펠러 삼아 거칠게 휘두르며 팽이처럼 자기 몸을 축으로 하여 회전하다가 위로 솟구치는 디즈니랜드의 고장 난 장난감 캐릭터 같다고 느꼈다. 훈련은 나를 새로운 궤도로 내던졌다. 나는 실력이 더 늘고, 더 외로워졌다. 실력과 외로움은 성숙한 성인이라고 해도 함께 묶기 어려운, 서로 대척점에 있는 두 개의 줄이었으니, 하물며 한창 사춘기인 청소년에게는 도무지 제압할 수 없는 적수였다. 승리는 최고로 탁월한 발놀림이나 정교하기 그지없는 전술이 가져다주는 게 아니다. 경기는 머릿속에서 결정된다.

상황은 시즌에서 시즌으로, 매치에서 매치로 이어지는 동안 서서히 전개됐다. 나는 독일 전역을 다니며 산과 바다에서 승리를 거머쥐었다. 부모님은 신문에 나에 대한 기사가 날 때마다 오려 두었다.

나중에는 기사가 너무 많아져서 서류철을 사야 했다. 이웃들이 지나가면서 내 어깨를 두드렸고, 학교 운동장에서 만난 여자아이들이 내 뒤에서 소곤거렸고, 유명한 스포츠용품 업체와 후원 계약을 맺었다. 하지만 나는 이미 나 자신이 누군가가 샤워 후에 실수로 탈의실에 두고 간 수건처럼 느껴진 지 오래였다. 나는 잊히고, 버림받고, 분실됐다. 하지만 그렇게 된 데는 이렇다 할 이유도, 잘못을 저지른 사람도, 모든 것을 바꿔 버린 어떤 전환점도 없었다. 이유는 오로지 나였다. 이런 마음을 사람들이 눈치채지 못하게 만드는 내 능력은 포핸드 실력보다도 뛰어났다. 다들 나의 성장에 투자한 데다 나에게 희망을 걸었기 때문이다. 이런 상황에 누가 갑자기 그만두고 싶다고 말할 수 있으랴?

"짧은 질문이 두 가지 있어요." 카를이 내 말을 가로막았다. "왜 테니스의 기쁨을 잃어버린 거죠? 많은 사람이 원하는 위대하고 아름다운 꿈처럼 들리는데요. 그리고 그 상황에서 어떻게 빠져나온 거예요?"

"예상하시겠지만, 저도 그 두 질문에 대해 오랫동안 생각했어요." 내가 대답했다. "그리고 제 나름의 대답과 탈출구를 브레멘과 뷔르츠부르크에서 찾았죠."

한자 동맹* 도시 브레멘에서 나는 탁월한 경기를 치르며 대회 결승전까지 진출했다. 그리고 선수촌에서 만나 진실한 존경과 존중을 나눈 친구 죄렌과 맞붙게 됐다. 우리는 테니스를 향한 열정을 공유했을 뿐 아니라 얼마 되지 않는 휴일에 만나서 놀거나 서로의 집에서 밤을 함께 보내고, 축구와 컴퓨터 게임을 하고, 햄버거를 같이 굽기도 했다. 결승전 한 주 전의 토요일에는 함께 영화관에도 갔다. 그런데 이제 경쟁자로 마주 선 것이다. 우리 사이에는 네트뿐이었다. 경기는 극적으로 이어졌고, 나는 3세트에서 가까스로 이겼다. 공을 주고받으면서 이미 그곳이 내가 있을 자리가 아니라는 느낌을 받았다. 그의 코트로 훌쩍 넘어가서 경기가 끝났다고 선언하고 싶었다. 무승부, 우정을 위해 건배! 하지만 우리는 코트를 맞바꿀 때도 시선을 마주하지 않았다. 포핸드로 오른쪽 뒤편 코너로 날린 공이 내 승리를 결정지었다. 관중이 박수를 쳤지만 죄렌은 나와 악수하려고 네트로 오지도 않았다. 그는 도망치

---

* 13~17세기에 독일 북부 연안과 발트해 연안 도시에 이루어진 동맹으로 해상 교통의 안전 보장과 상권 확장을 목적으로 하였다.

듯 가방을 챙겨 뒷문을 통해 실내 경기장을 떠났다. 시상식에서 나는 기쁘지도, 화가 나지도 않았고 그저 모든 것이 공허하고 잘못된 것처럼 느껴졌다. 진짜 기쁨이 갑자기 꾸며낸 기쁨이 되어 버렸다고 도대체 누구에게 그럴듯하게 설명할 수 있을까? 운동선수로서는 성장했지만 운동이 나를 더 당당하고 강인하게 만든 것이 아니라 여리고 예민하게 만들었다는 사실을, 이제 더는 다른 사람을 이기기 위해 혼자 경기장에 서 있기 싫다는 것을 누구에게 말할 수 있을까? 따뜻한 공동체를, 함께 이기고 함께 지는 집단을 열망했다는 것을 누구에게 말할 수 있을까? 기쁨은 나누면 두 배가 되고 슬픔은 나누면 절반이 될진대…….

그런 기분이 이어지면서 1년이 지난 뒤에, 나는 뷔르츠부르크에서 무릎이 틀어졌다. 그전까지 나는 배운 대로 계속했다. 이를 악물고 타인의 기대를 충족시켰고, 감정은 탈의실에 남겨 두었다. 심장 두근거림이 복통으로 바뀌었고, 땀을 흘리며 훈련해도 증상은 나아지지 않았다. 그 사고는 경기에서 공을 주고받는 중에 일어났다. 나는 경기장 가장자리에 있던 스프링클러를 보지 못했다. 오른쪽 발이 호스에 걸려 옆으로 몸이 꺾이며 다리에 엄청난 통증이 느껴졌다. 부상을 회복하는 데 몇 달이 걸릴 테니 긴 휴식은 불가피했다. 긴 시간이 흐른 뒤에 나는 다시금 편하게 쉬게 되었다. 무릎이 줄곧 부어 있는 동안 내 머리는 점차 긴장을 풀었다. 자동차 타이어의 경우 속도가 증가하여 저항이 올라가면 압력 손실이 발생한다. 나는 위험한 지점에 있었다. 타이어라면 최대한 빨리 가장 가까운 주유소로 가서 타이어를 기워 쓸 수 있는지 아니면 교체해야 할지 확인하라는 조언을 받는다. 하지만 내 마음을 진단하는 데는 몇 주가 걸렸고, 그동안 나를 확인할 정비소는 없었다.

나는 다리를 절뚝거리며 오후에 학교 친구들과 야외 수영장에 갔고 주말이면 파티에도 갔다. 난생처음 담배도 직접 말아서 피웠다. 소도시에서 아이들이 자라나는 지극히 평범한 방식이었다. 다른 아이들에게는 평범한 일이었고, 나에게는 이 세상 최고의 재활이었다. 그러던 어느 화요일, 나는 수화기를 들고 선수촌에 전화를 걸었다. "경기는 더 이상 없어요!" 그때 내가 어디서 그런 용기를 냈는지 지금도 모른다. 수화기 저편의 침묵이 오늘날까지도 내 귀에 남아 있다. 내 결정에 아빠도 할 말을 잃었다. 아빠는 젊은 시절 유명한 배구 선수였는데, 자신의 야망을 점점 더 나에게 투사했다. 내가 승리를 거둘수록 아빠는 자신의 소망과 나의 소망을 구별하기 힘들어했다. 시간이 흐르면서 아빠는 성적에 대한 욕망이 친밀감보다는 거리감을 만든다는 사실을 깨달은 것 같았다. 엄마는 내 마음이 어떤지 더 빨리 알아차리지 못한 것을 자책했다. 하지만 엄마의 무조건적인 사랑이야말로 나를 깊은 우물에서 건져 올린 동아줄이었다.

"그 뒤로 테니스 채를 잡아 본 적이 없어요." 내가 이야기를 끝냈다.

카를이 부드럽게 내 어깨를 두드렸다. "그래도 당신은 이긴 거예요. 스스로도 알고 있죠? 많은 사람의 기대에 반해 끝내기를 선택했을 땐 무엇보다 큰 용기가 필요했을 테니까요. 또 맞지 않는 방향으로 가고 있다고 느꼈을 때 스스로 그 사실을 인정하는 데도 용기가 필요했을 거예요."

"나중에 생각해 보니 그때 나 자신의 느낌에 따른 건 올바른 결정이었어요. 그런데 그때 이후로는 왜 그러기가 힘든지 모르겠네요. 당신에게도 비슷한 상황이 있었어요?"

카를은 마지막 남은 살라미를 끝까지 맛있게 먹었다. "붓이죠. 그게 내 테니스 채였다고 말하고 싶군요. 나도 하마터면 일찌감치 내려놓을 뻔했어요."

17

　카를은 나더러 잠시 소파에 혼자 앉아 있으라고 부탁했다. 나에게 보여주고 싶은 것이 있는데, 그러려면 정원에서 잠깐 몇 가지를 준비해야 한다고 했다. 그사이에 아무 책이나 꺼내 보고 후식으로 달콤한 무화과를 먹든지, 운동을 그렇게나 많이 했으니 편하게 누워 있으라고 말했다. 하지만 한 가지 조건이 있었다. "창밖을 내다보면 안 돼요. 준비가 끝나면 데리러 올게요." 그는 이렇게 말하고 백일몽을 꾸는 몽유병 환자처럼 잠옷을 입은 채 사라졌다. 나는 그가 없는 이 시간을 틈

타 휴대폰에 쌓여 있을 이메일과 문자를 읽어 볼까 잠시 고민했다. 운전 중 신호등 앞에 차가 서 있거나 기차가 두 개의 역 사이에 멈춰 있거나 물이 끓기를 기다릴 때처럼 할 일이 없는 시간이 1초만 생겨도 반사적으로 하는 행동이었다. 하지만 이 날 아침에는 이런 행동이 신성 모독처럼 느껴졌다. 휴대폰을 바지 주머니에 그대로 둔 채 커피를 마저 마시고 책장으로 향했다. 첫눈에 보기에 책들은 아무 규칙 없이 줄지어 있었다. 대부분은 똑바로 세워져 있고 또 어떤 책들은 그냥 위로 층층이 쌓여 있었다.

세계적으로 유명한 소설책이 내가 전혀 모르는 시인의 얄따란 시집들 사이에 끼어 있거나 한정판 화보집 여러 권이 이국적인 요리책에 기대 있기도 하고, 제인 오스틴 전집이 도널드 덕 만화책과 책등을 나란히 하고 있었다. 위쪽 칸에서 책을 꺼내기 위한, 직접 만든 듯한 등받이 없는 의자도 있었다. 나는 문학의 아름다움을 온몸으로 느끼고 싶어 약간 거리를 두고 그 서재를 바라봤다. 늘어선 책들의 벽에는 주로 건축물에서 느껴지는 뭔가 고귀하고 독특한 것이 있었다. 내가 선택할 수 있다면 이곳을 로마의 콜로세움과 중국의 만리장성과 나란히 세계 8대 불가사의로 꼽을 것이다. 성지만큼 중요하고 문명의 존속만큼이나 위대하지만 그럼에도 멸종 위기에 처해 있으니.

화보집을 막 집으려는데 바깥에서 요란한 휘파람 소리가 들려왔다. 안 보겠다고 약속했지만 창밖을 슬쩍 내다보니 손가락 두 개를 입에 넣고 휘파람을 휘익 불어 나에게 신호를 보내는 카를이 눈에 들어왔다.

베란다 격자문을 조심스럽게 열고 정원으로 나섰더니…… 야외 미술관이 펼쳐져 있었다. 풀밭에 다양한 크기의 액자 20여 개가 세심하게 늘어서 있는데, 가느다란 액자 틀 대부분은 비누칠 마감을 한 밝은색 참나무였다. 캔버스 두 개는 액자 없이 돌 몇 개로 고정된 채 바닥에 놓여 있었다.

야외 전시회라니, 생각도 못 한 일이었다. 나는 오른쪽에서 왼쪽으로 천천히 돌며 작품들을 감상하고 감탄했다. 모두 수채화였는데, 흰색과 파란색과 초록색이 조화롭게 어우러졌다. 인상적인 나무 묘사와 계절이 바뀌는 넓은 들판의 추상적인 묘사, 가을바람에 잿빛이 된 갈대, 눈가루를 인 매혹적인 갈대지붕, 보는 사람에게 지평을 조망할 수 있게 해주는 드넓은 하늘. 그림 속 많은 풍경이 낯익었다. 그림에서 느껴지는 울적한 자신감도 마찬가지였다. 나는 전시품을 오래 감상했다. "아름다워요."

"정말로요?" 카를이 물었다.

"네, 정말로. 언제부터 그림을 그리셨어요?"

"오래전부터요. 아무에게도 보여주지 않고 나 혼자만 봐요. 하지만 당신에게는 특별히 보여주고 싶었어요. 나를 잘난 척하는 사람이라고 생각하지는 않기를 바라요."

"그런 걱정 말아요. 그런데 어쩌다 그림을 그리게 되셨어요?" 내가 물었다.

"어머니 덕분이었죠. 어머니는 온 마음을 다하는 화가였거든요."

카를은 헌신과 인내로 색채의 다양성을 알려주고, 몇 개의 선과 풍부한 상상력으로 우주 전체를 만드는 방법을 보여준 어머니에 대해 말했다. 어머니는 그에게 낭만주의와 르네상스의 차이점을 가르쳤다. 여름방학 때 이탈리아에서 카를의 아버지와 누이가 해변으로 수영하러 간 사이에 그와 그의 어머니는 좁은 골목과 바로크식으로 깎인 돌과 인상적인 교회 앞에 앉아, 그러지 않아도 이미 아름다운 토스카나를 더욱 아름답게 그렸다. 그는 생일 선물로 은색 자전거가 아니라 진한 파랑 물감을 원했다. 한번은 영국 화가 윌리엄 터너의 전시회를 보러 런던에 간 적도 있었다. 숨 막힐 듯 아름다운 언덕과 배 그림을 보면서 수채화를 향한 열정을 발견했다. 풍성한 빛의 다면성을 윌리엄 터너만큼 잘 표현하는 사람은 없었다. 이 영국 화가가 그린 손톱만 한 크기의 스케치를 갖기 위해서라면 카를은 왕관의 보석도 두말없이 내주었을 것이다. 지금까지도 카를에게 윌리엄 터너는 영국의 진정한 왕이다.

하지만 첫 번째 틈새는 대학 입학 자격시험을 치르기 얼마 전에 벌어졌다. 그때까지 그에게 그리기와 독서의 조합은 무한한 마법이었다. 연필과 스물여섯 개의 철자만으로 환희와 혼란과 안도 같은 모든 감정의 세계를 표현하고, 사람들을 서로 연결하고 스스로의 가장 깊은 내면을 표현할 수 있다는 사실에 그는 압도당했다.

"예술은 말할 수 없는 것들의 중재자예요. 예술이 없는 세상을 상상해 보세요. 폭풍이 닥쳐 왔을 때 마음의 안식을 어디서 찾겠어요?"

바로 그 이유에서 카를은 고학년 때 미술을 시험 필수과목으로 선택했다. 그 과목이 규칙과 계산으로 고정된 세계에서 가장 큰 자유와 성장을 약속했기 때문이다. 하지만 안타깝게도 카를이 받는 수업은 성장이 아니라 갈등으로 이어졌다. 그는 규칙과 완벽성과 고상한 취향이야말로 창의성의 큰 적이라고 여겨 왔다. 그러나 이 과목에서는 그림을 가장자리까지 채워서 그리라는 요구를 받았다. 여백은 금지됐다. 정물화는 꼭 과일을 담아야 하고, 여기서 벗어나는 대상은 금지됐다. 사건은 인근 미술관으로 소풍을 갔을 때 터졌다. 카를이 소속된 학과 과정의 학생들에게 옛날 대가들의 작품을 최대한 자세하게 모사하라는 과제가 주어진 것이다. 하지만 카를은 옛 작품을 따라 그리고 싶지 않아서 팝 아트 스타일의 만화를 그렸다. 교사는 이 창조적인 불복종에 화가 나서 숨을 헐떡거렸다.

"요란한 내 작품에서 눈멀고 수염 난 두더지로 표현된 자신을 발견한 순간, 선생님은 완전히 뚜껑이 열려 버렸죠. 최하점수, 낙제! 나는 대학 입학 자격시험을 턱걸이로 겨우 통과했고, 붓은 그림 도구함에서 몇 년 동안 말라 갔어요."

"사춘기 반항아였던 당신 모습은 상상하기 어렵네요." 내가 싱긋 웃으며 말했다. "하지만 다시는 테니스 채를 잡지 않은 나와는 달리, 당신은 언젠가부터 다시 그림을 그리기 시작한 모양이군요."

"네. 하지만 그러기까지 무척 오랜 시간이 걸렸죠." 카를이 대답한 뒤 그림들 사이 풀밭에 쪼그리고 앉았다. "생각해 보면, 시간이 흐르면서 언제 어디서 왜 사라졌는지 정확히 알지도 못하고 놓쳐 버리는 꿈들이 있어요. 사무실에 앉아서 탈출을 꿈꾸는 탁월한 플로리스트, 무용수, 마술사가 이 땅에 얼마나 많겠어요? 재능이 많지만 발견되지 않은 사람들 말이에요. 나와 수채화도 그 비슷한 상태였어요. 물론 감자는 내가 정말 좋아하는 생계 수단이라서 이 세상 그 무엇과도 바꾸고 싶지 않아요. 하지만 내 영혼을 채우기 위해서는 책 말고도 물과 물감이 필요한데 그땐 그게 없었죠."

붓질을 전혀 하지 않은 채 수십 년이 지나갔다. 그러던 어느 날 카를은 주인 잃은 상자 속에서 그림 도구가 든 낡은 갈색 가죽가방을 꺼내기 위해 지하실로 내려갔다. 가방은 비틀

스 앨범 두 장과 아주 오래전에 야외 축제 제비뽑기에서 당첨되어 받은 몬치치 인형 사이에 외롭게 놓여 있었다. 하늘을 짓누르듯 낮게 드리운 구름과 일상의 우울함이 경쟁하듯 지나가는 그런 오후였다. 그는 물감과 경쾌함이 필요했다. 포장지 롤 옆에서 캔버스를 찾아냈다. 자기 자신에게 할 수 있는 가장 큰 선물이었다. 처음에 그은 몇 개의 선은 전혀 똑바르지 않았다. 손놀림은 금방 다시 익숙해졌고 여전히 초록보다는 파랑이 좋았지만, 창작을 놓아 버린 사이 젊은 시절의 자유분방함은 사라져 버리고 없었다. 예전에 그는 쇼핑 카트에 놓인 빈 캔과 벽에 붙은 파리, 바람에 흔들리는 그네처럼 눈앞에 보이고 머릿속에 떠오르는 모든 것에서 영감을 얻었다. 하지만 이제 떠오르는 아이디어라고는 빈약하고 절망스러운 것들뿐이었다. 하여 그가 그림을 그릴 때 어깨너머로 곁눈질하는 일은 엄격하게 금지됐다. 그때는 이미 어머니가 돌아가신 뒤였지만 다행스럽게도 카를은 머릿속에서 꼬여 버린 창의적 매듭을 잘라 줄 누군가를 발견했다.

그 아이의 이름은 테아였다. 어느 날 숲 가장자리에서 그림을 그리고 있던 그의 옆에 테아가 부모와 함께 와서 섰다. 그때 카를은 극비 상태를 지키며 태양을 그리려고 애쓰는 중이었는데, 아이가 옆에서 소리쳤다. "노랑!"

카를이 조심스럽게 물었다. "뭐라고?"

테아가 다시 말했다. "노랑!" 그러고는 "내가 할까?"라고 덧붙였다. 자신의 불안감과 아이의 자신감에 압도당한 카를은 아이에게 종이를 넘기고 물러났다. 아이는 1초도 망설이지 않고 붓이 아니라 오른손 검지를 팔레트에 담갔다가 그림의 오른쪽 위 구석에 반짝이는 동그란 얼룩을 그렸다. 그런 다음 엄지에 검은색을 잔뜩 묻혀서 노란 얼룩에 웃는 입을 덧그렸다. 비율과 양식, 형태는 전혀 조화롭지 않았지만 지금까지 본 태양 그림 중에 가장 아름다웠다.

"테아는 엄마아빠와 함께 몇 걸음 가다가 돌아서서 나에게 말했어요. '민들레 꽃씨 아저씨야!' 나는 어린이와 예술이야말로 최고의 치유라고 생각했어요. 그때 꼬인 매듭이 풀렸죠."

카를과 나는 이야기로 연결된 채 풀밭에 마주 보고 앉아 있었다. 윙윙거리며 지나가는 벌, 정원 탁자 아래의 신발. 불현듯 모든 것이 미술관의 잠재적인 작품처럼 느껴졌다.

그때 내 바지 주머니에서 휴대폰이 진동했다. 반사적으로 휴대폰을 꺼내 살펴보니 직장동료의 연락이었다. 분주한 내 삶이 다시 등장한 것이다. 다른 세상에서 차가운 숨결이 불어온 듯했다. 나는 통화를 거부하고 휴대폰 전원을 껐다. 카를이 미소를 지으며 조심스럽게 물었다. "당신은 책이나 음악 같은 것들이랑 어떤 관계로 지내요?"

내 대답이 알록달록했더라면 좋았겠지만 현실은 이따금 염원보다 삭막하다.

"지중해 어딘가에 있는 작고 매력적인 섬 같아요. 언젠가 단 한 번, 잊지 못할 나날을 보냈지만 사느라 바빠서 더는 가지 못하는 곳 말이에요. 밤이면 침대에서 책을 한 페이지 읽다가 잠이 들어요. 루브르 박물관에서 모나리자 앞에 서 있을 때는 세상에서 가장 유명한 여인에게 사로잡히는 대신 계약 협상 때문에 소곤거리며 전화기를 붙잡고 있었고요. 음악은 쉬고 싶은 마음이 절실할 때 방해만 되는 경우가 잦았죠."

나는 내가 한 말을 잠시 생각해 보다가 풀밭에서 일어나 카를의 그림들을 조심스럽게 겹쳐 놓았다.

"뭘 하려고요?" 카를이 물었다.

"당신에겐 그림이 도움이 되듯이, 나에게는 몸을 움직이는 게 도움이 돼요. 산책을 가자고 하고 싶네요!" 내가 대답했다.

"하지만 그건 게으른 일요일이라는 규칙에 어긋나는데요." 그가 갑작스러운 내 흥분을 가라앉히려고 했다.

"듣자 하니, 당신은 미리 정한 원칙을 별로 중요하게 생각하지 않잖아요." 내가 웃으며 대답했다. "자, 어서요!"

그가 천천히 몸을 일으키더니 그림 두 점을 겨드랑이에 끼고서 말했다. "좋아요, 당신이 그러고 싶다니 그러죠. 하지만 세상에서 가장 아름다운 내 빨강을 소풍에 데리고 간다는 조건을 걸어야겠어요."

18

나뭇가지에서 조금 일찍 떨어진 체리처럼 빛나는 자동차가 헛간 바로 뒤쪽 과수원의 나무 밑에 서 있었다. 윤이 나는 빨간색과 역동적인 디자인, 밝은색 가죽과 반짝이는 휠이 돋보였다.

"소개할게요. 이탈리아의 여름 동화, 줄리아*예요." 카를이 자동차를 가리켰다. 그는 조금 전에 옷을 갈아입고 왔다. 청바

---

* 이탈리아의 자동차 제조사 알파로메오에서 출시한 중형 세단으로 초기 모델은 윤이 나는 빨간색의 클래식한 차체가 특징적이다.

지에서 느슨하게 빠져나온 민트그린색 셔츠와 잿빛 플랫 캡 차림이었다.

볶은 에스프레소 원두와 구운 파니노*를 섞어 공기에 뿌린다면 이 이탈리아 미인이 '완벽'해질 것 같았다.

"자, 이성을 타고서 비이성을 향해 전속력으로 달려 봅시다! 나는 여덟 살 때부터 자동차를 갖고 싶다는 꿈을 꿨어요. 그 돈을 모으는 데 12년이 걸렸죠. 예로부터 내려오는 농부에 대한 속담으로 내 머리와 재정 상태를 속였어요. '겨울에 힘써 일하면 여름에 잘 익은 과일이 맺힌다.' 매년 초에 꼭 천 유로를 양모 양말에 넣어 옷장에 숨겨 뒀어요. 말하자면 나 자신을 위한 대부금이었어요. 돈이 눈에 안 보이면 잊어버리니까요. 없어진 건 없어진 거고요. 그러고는 감자로 번 돈으로 365일을 견뎠어요. 드디어 필요한 액수를 모았을 때, 잃어버렸던 가정용 비밀 금고에서 돈을 되찾은 기분이었죠. 그렇지 않고서야 스포츠카를 사는 데 1만 2천 유로를 한번에 쓰는 일은 결코 없었을 거예요. 난 정신 나간 사람이 아니니까요!"

* 이탈리아식 샌드위치.

시대를 초월한 이 자동차의 형태에 감탄하다 보니, 디자인이 독특했던 다른 자동차가 떠올랐다. 그 차를 기억에서 꺼내지 않은 지 이미 오래였지만 낡아서 딸깍거리는 시동과 겨울이면 김이 서리던 유리창, 여러 군데가 살짝 찢어진 검정 인조가죽의 냄새가 금방 되살아났다.

"우리 어머니는 예전에 갈색 폭스바겐 비틀 컨버터블 모델을 갖고 있었어요." 트렁크에 걸터앉은 카를에게 내가 말했다.

나는 엄마가 중고로 산 자동차, 의무만 가득하던 엄마의 세상에서 한 조각의 자유를 의미했던 그 차에 대해 이야기했다. 외할머니가 요양을 떠나자 엄마는 외할머니를 자주 찾아가고 싶어 했다. 거기에 동행한 사람은 나뿐이었다. 우리는 일주일 내내 그날만은 화창하게 해달라고 베드로에게 기도했다. 우리는 폭스바겐의 지붕을 열고 선글라스를 쓴 다음, 엄마가 좋아하는 레너드 코헨의 노래가 수록된 카세트테이프를 오프닝 팡파르로 오디오에 넣었다. 머리카락이 바람에 흩날렸다. 엄마가 간 소시지와 치즈, 또는 달걀을 올려 직접 만든 샌드위치는 50킬로미터를 달린 뒤에는 이미 다 먹어 치우고 없었고, 추월 같은 건 더 이상 살기 싫어하는 남자들에게 양보했다.

엄마와 나는 번갈아 가며 운전하고 번갈아 가며 조수석에 앉아 졸았다. 엔진오일이 부족하다는 사실은 하마터면 놓칠 뻔했다.

    주유소에 도착하여 오른쪽으로 들어섰다. 예상했던 것보다 문제가 컸지만, 친절한 엔지니어가 주말임에도 차를 수리해 주겠다고 했다. 그는 24시간 뒤에나 차를 찾아갈 수 있다고 했다. 우리는 팁을 많이 주겠다고 약속하고 트렁크에서 짐을 꺼낸 다음, 제일 가까운 호텔이 어디인지 물었다. 구시가지 한가운데 위치한 숙박업소 '황금 백조'에 안뜰로 창이 난 조용한 빈방이 남아 있었다. 침대 커버는 빨강과 하양 체크무늬였고, 내부 식당이 강력하게 추천됐다. 식당은 손님들로 차고 넘쳤는데, 운 좋게 바에 두 자리가 남아 있었다. 콩과 참치 샐러드는 요구르트 드레싱을 얹어도 프랑스식 냄새가 났고, 베이컨과 파와 유지방을 올린 타르트 플랑베는 전 세계 어느 숙소에서든 먹을 수 있는 평범한 맛이었다. 거기에 엄마와 나는 너무 들척지근한 백포도주를 한 항아리나 마셨다. 우리는 옛날이야기와 요즘 이야기를 했고, 이웃들의 새로운 소식도 주고받았다.

얼마 전 삼촌이 새로 산 잔디 깎는 기계로 숙모가 가꾼 장미 화단을 완전히 뒤엎었다는 이야기를 엄마가 했을 때 우리는 웃다가 하마터면 의자에서 굴러떨어질 뻔했다. 디저트를 먹을까 고민하며 주변을 힐끔거리는데 엄마가 말했다. "그러지 마. 후식으로 더 좋은 아이디어가 있어."

우리는 계산을 하고 방으로 향했다. 객실로 올라왔을 때 엄마가 나더러 잠깐 복도에서 기다리라고 했다. 복도에 있자니 방 안에서 뭔가 부스럭거리는 소리가 들려왔다. 나는 잠시 후에야 방에 들어갈 수 있었다. 엄마가 TV가 놓인 서랍장을 침대 앞으로 밀고 파프리카 칩 한 봉지를 베개 사이에 올려 둔 것이다. 바로 이해할 수 있었다. 어렸을 때처럼 엄마와 둘이서 TV를 즐기는 저녁 시간이었다!

우리는 편안하게 자리를 잡았다. 나는 머리를 엄마의 어깨에 기댔고, 엄마는 내 머리카락을 쓸어 줬다. 채널을 여기저기 돌리다가 재방송되는 범죄영화에서 멈췄다.

아주 단순하고 무척 아름다운 시간이었다. 이보다 더 편안하고, 이보다 더 사랑받기란 불가능했다. 고장 난 자동차가 우리에게 함께하는 시간과 잊지 못할 주말을 선물한 것이다.

"정말 멋지게 들려요. 틀림없이 그 후로도 어머니와 자주 여행을 다녔겠죠?" 카를이 물었다.

"이상하게도 그러지 못했어요. 여러 번 계획했지만 늘 뭔가 일이 생겼어요. 대부분은 나 때문이었죠. 평소에 쓸데없는 말들을 지나치게 듣고 있다는 기분이 자꾸 들어서, 누군가와 오랫동안 온전히 함께할 체력과 마음의 여유가 부족했어요. 그 대상이 내 말을 무조건 들어주는 어머니였는데도요."

우리는 한동안 말없이 가만히 있었다. 카를이 생각에 잠긴 표정으로 나를 빤히 보다가 말했다.

"가끔 길을 잃었다고 느낄 것 같군요. 당신이 어떻게 느낄지 알 수 있어요."

"네, 맞아요. 그게 아마 내가 어머니와 여행할 때와는 다른 이유로 요즘 내 호텔 방에 변화를 주는 이유일 거예요."

나는 카를에게 평소 출장 때문에 주중에 집에서 자는 일이 드물다고 이야기했다. 저녁에 호텔 객실에 돌아오면 나를 기다리는 사람은 아무도 없고, 있는 거라고는 그저 잘 소독된 표준 설비의 공허함뿐이었다. 흰색 시트가 덮인 2인용 침대, 협탁에 놓인 메모지와 그 위에 가로질러 놓인 연필. 윙윙거리는 미니 바에 든 오렌지주스와 콜라, 맥주, 초콜릿 바, 견과류 한 봉지, 언제나 테이블 위에 놓여 있는 무료 생수 한 병. 장기 체류 시 환경을 위해 수건을 되도록 여러 번 사용해 달라는 당부가 쓰인 욕실 메모판. 이 모든 것은 좋은 의도로 준비되었다고 해도 그곳이 얼마나 낯선 장소인지를 여실히 보여주곤 했다. 언제부터인가 나는 집을 향한 심각한 향수병에 대비하고자 나만의 비상용 키트를 가지고 다니기 시작했다. 그 키트에는 딸이 손가락으로 그린 그림, 아들이 초등학교 때 만들어 준 자그마한 나무 비행기, 아내의 체취가 묻은 잿빛 브이넥 티셔츠가 들어 있었다.

"객실에 그것들을 늘어놓거나 입고 잠이 들어요. 카드는 대부분 호텔 식당에서 조식을 먹으면서 쓰고요."

"무슨 카드요?" 카를이 물었다.

"두 아이에게 쓰는 엽서요. 내가 집을 자주 비우니, 최소한 날마다 소식이라도 보내려고 노력하는 거죠. 문자 메시지가 아니라 손 글씨로, 그때그때 내가 머무는 장소에서요."

작년에는 150장이 넘는 카드를 썼다. 카드는 일부러 미리 사두는데, 늘 신중히 고민해서 골랐다. 언제나 카드를 몇 장씩은 가지고 다녔다. 몸이 아이들 옆에 있을 수 없다면 적어도 마음이라도 있고 싶었다. 가끔은 일상적이고 소소한 격려 삼아 "날씨는 엉망, 너희는 최고!"와 같은 짧은 단어 몇 개만 보내기도 했다. 어떤 때는 아이들이 야외 수영장에서 먹을, 케첩과 마요네즈를 잔뜩 올린 감자튀김 쿠폰도 보냈다. 아이들이 가장 좋아하는 것은 내가 지어낸 닥스훈트 시그마 이야기의 속편이었다. 시그마는 원래 아주 비열한 사기꾼이 되고 싶어 했지만 우울증에 걸리고 만 개였는데, 나는 몇 년 동안이나 이 이야기를 계속해서 지어냈다.

카를이 트렁크에서 내려와 조수석 문을 열어 줘서 우리는 함께 차에 탔다. 그가 얼굴을 환하게 빛내며 말했다.

"당신 어머니와의 다음 여행을 계획하기엔 전혀 늦지 않았어요. 그러면 어머니의 손주들에게 함께 카드를 쓸 수 있겠네요. 그런 카드는 이 세상 어떤 자동차보다 소중하죠. 자, 우리는 일단 줄리아와 짧은 시운전을 해봅시다." 그러고는 웃음을 터뜨렸다. "숲 쪽으로 출발합시다. 그곳은 당신이 원하는 산책을 하기에 아주 좋아요."

그는 자동차에 애정을 듬뿍 담아 시동을 걸었다. 그때만 해도 갈 때는 그가 운전했지만 올 때는 내가 하게 되리라고는 전혀 짐작하지 못했다.

19

　우리는 줄리아와 함께 바람처럼 달렸다. 이곳의 동식물군은 어쩔 수 없이 우리의 산책을 앞으로 다섯 걸음, 뒤로 세 걸음, 옆으로 여덟 걸음 움직이는 춤으로 만들었다. 카를은 사냥개처럼 숲속에서 흔적을 잘 찾아냈다. 너도밤나무를 타고 올라가는 담쟁이를 살펴보고, 초롱꽃의 알록달록한 꽃잎에 감탄하고, 나중에 집에서 말린다며 향기로운 허브를 모았다. 그때마다 잎이 빽빽한 나무우듬지 사이로 들어온 가느다란 원뿔 모양 햇살이 그의 손가락을 비췄다. 지금까지 나는 어떤 사람을 체격, 머리카락과 눈 색깔, 옷 취향과 걸음걸이, 표정과 몸짓으로 묘사하곤 했다. 그런데 카를과는 이제 겨우 24시간을 보냈을 뿐인데 그 사람의 손이 어떤 의미를 지니는지 알게 됐다. 그의 손은 외적인 특징뿐 아니라 내면의 태도도 보여줬다. 엄지는 뭉툭한 편이었고 손바닥은 정사각형이었다. 다른 사람의 손과 차이를 만드는 것은 깊은 주름과 두드러진 굳은살, 눈에 띄는 흉터와 손톱 밑 때였다.

자신의 운명을 스스로의 손에 직접 거머쥐는 게 뭔지 이제야 알 것 같았다. 나는 몇 주 전 정원에서 정체 모를 풀을 캤는데, 오른손 검지에 바로 수포가 올라왔다. 그동안 회사에서 내 손은 직접적인 역할을 한 적이 없었다. 전화를 걸거나 악수할 때, 컴퓨터에 뭔가를 입력할 때만 쓰였다. 그래도 다리는 아직 쓸만하다. 걷기는 아침에 하는 달리기와 더불어 많은 울림을 주는 의식이다. 자연은 나에게 기대하는 것이 없다. 자연은 너무 많거나 너무 의미 없는 일, 의무와 결코 끝나지 않는 업무 목록이라는 일상의 덤불에서 나를 잠시 해방시키고 좋은 순간을 만들어 준다.

오늘 이 일요일처럼 좋은 날은 아주 오랜만이다. 나는 나

자신과 내 생각이라는 세계 안에 온전히 들어 있었다. 그러다 뒤에 있던 카를과 점점 더 간격이 벌어졌다는 사실을 긴 커브 길 끝에 와서야 알아챘다. 나는 걸음을 멈추고 그를 기다렸다. 그는 환한 얼굴로 말없이 나에게 다가왔다. 그의 이마에 맺힌 땀방울은 정오의 더위 때문인 것 같았다. 그는 말없이 내 팔짱을 꼈고, 우리는 함께 계속 걸어갔다. 나는 그가 나뭇가지에 걸려 비틀거리다 넘어지지 않게 잡아 준 뒤에야 그의 무릎이 떨리고 있으며 몸이 기댈 곳을 찾느라 오락가락하고 발걸음이 점점 균형을 잃어 간다는 것을 깨달았다.

나는 곧장 그 자리에서 걸음을 멈추고 내 팔을 안전바처럼 그에게 두른 다음 물었다. "몸이 안 좋으세요?"

"아니, 아니. 아주 좋아요. 그저 잠이 너무 부족했고 물도 너무 적게 마셨을 뿐이에요." 그가 숨을 헐떡거렸지만 전혀 못 믿을 대답은 아니었다.

우리는 잠시 쉬다가 천천히 한발 한발 다시 움직였다. 하지만 쉬어도 상황은 나아지지 않았다. 몇 미터 정도는 내 힘으로 카를을 부축할 수 있었지만 그 이상은 힘에 부쳤다. 쉴 만한 벤치가 가까이에 보이지 않아서 나는 부드러운 숲 바닥에 앉자고 제안했다. 카를은 떨면서 몸을 숙였다. 그에게 최소한의 기댈 곳이라도 필요해 보여서 우리는 등을 맞대고 앉았다.

표정은 보이지 않았지만 그가 받았을 충격이 느껴졌다. 말이 없는 것으로 미루어보아 그는 지금까지 나에게 아주 잘 숨겨 왔던 자신의 약점을 창피해하는 것 같았다.

"질문 하나 해도 될까요?" 나는 조심스럽게 정적을 깼다.

내가 한마디 덧붙일 필요도 없이 그가 곧장 대답했다. "15년 전 어느 월요일에 처음으로 현기증을 느꼈어요. 겨울이었는데, 바람이 불고 흐린 날이었죠. 그때 나는 사다리 위에 서서 사과나무 가지를 막 자르려던 참이었어요. 처음에는 별다른 생각을 하지 않았고, 그냥 침대에 누웠죠."

카를은 그다음 날인 화요일에도 누워 있었고, 수요일에는 현기증에 두통도 더해졌다. 목요일에는 결국 주치의에게 갔다. 카를 말로 그 주치의는 무척 헌신적이고 인간미와 선의가 넘쳐서 수십 년 동안 자신을 믿고 맡겨 왔다고 했다. 그는 카를이 밭에서 어깨 관절을 다쳤을 때도 치료해 주었고, 요한나와 카를의 어린 딸이 밤에 고열로 몸을 떨며 카를의 품에 안겨 있을 때도 농장으로 와주었다. 그는 이 마을에서 의사인 동시에 심리치료사였다.

15년 전 그날 아침에도 의사는 카를이 걸린 병의 원인을 알아내기 위해 긴 시간 동안 애썼다. 결국 정확한 원인을 찾지는 못했지만 대신 안심되는 말을 해줬다. 그러고는 같은 날 가까운 대학병원 전문의에게 그를 보냈다. 카를은 이틀 밤을 그곳에 입원했다. 척추뼈 두 개 사이에 긴 바늘을 집어넣었고, 무시무시한 MRI 기기에도 들어갔다. 며칠 뒤 주치의가 검사 결과를 들으러 다시 병원에 오라고 했을 때, 카를은 뒤늦은 감기 정도가 아니라는 걸 예감했다.

"만성 염증성 자가면역질환이었어요. 진행성, 그러니까 계속 악화되고 치료가 불가능하죠. 의사는 전통적인 치료법이 없고 병이 어떻게 진행될지 전혀 모른다고, 언젠가는 휠체어가 필요할 수도 있다고 말했어요."

카를의 목소리는 나무에서 살짝 떨어지는 부드러운 잎사귀 같았다.

"너무나 충격이 크셨겠어요." 적당한 말을 찾으려고 했지만 생각나는 말이라고는 이것뿐이었다.

"솔직하게 말하자면 처음에 내가 어떤 심정이었는지 제대로 기억나지도 않아요." 그가 여전히 나에게 등을 기댄 채 대답했다. "하지만 주치의와 나누었던 대화는 영원히 기억에 남을 거예요. 무척 짧은 대화였지만 그 대화가 내 눈을 열어 줬거든요. 그는 진단 결과를 읽어 주고 바로 서류철을 덮었어요. 그러고는 나를 빤히 바라보며 내가 이 결과를 다룰 수 있는 두 가지 방법이 있다고 말했죠. 첫째, 내 운명을 원망하며 상황에 굴복하고 현실을 외면한다. 다른 하나는, 행복한 순간들을 작은 자루에 가득 차게 모으기 시작한다. 정말 문자 그대로 그렇게 말했어요. 작은 자루에 가득한 행복한 순간들. '왜 하필 나지?'가 아니라 '내가 아니어야 할 이유라도 있나?'라고 생각하는 게 중요하다고 했죠. 질병은 이제 나의 한 부분이라고요. 힘든 순간에도 병에 대해 너무 많이 생각하면 안 된다고 했어요. 어차피 다른 존재로서는 이제 살아가지 못할 테니까요. 내 병은 치료법보다는 삶에 대한 태도의 문제라고 했어요."

카를이 설명을 이어 갔다. 병원에서 집으로 돌아오는 차 안에서, 그는 자전거를 타고 웃으며 물웅덩이를 지나가는 아이들을 봤다. 어릴 때 그도 그렇게 장난 치기를 좋아했다. 그 순간 그는 삶의 기쁨을 잃지 않겠다고 결심했다. 물론 실천하는 건 생각만 하는 것보다는 어려웠다.

"처음에는 병의 존재를 부정하고, 속으로 내 운명을 불평했어요. 겉으로 인정하지 않으면 그 일이 실제로도 일어나지 않을 거라고 생각했죠. 하지만 그건 물론 효과가 없었고 그런다고 병이 낫지도 않았어요. 사랑과 인내로 나를 이 침묵에서 건져 낸 가족들에게 감사할 뿐이에요."

침묵은 카를의 신경계뿐 아니라 이 농장 전체를 뒤덮은 또 하나의 염증이었다. 그는 터놓고 요란하게 불평한 적은 한 번도 없었지만 요란하게 침묵했다.

그가 자신의 병에서 뭐라도 긍정적인 면을 찾아내고 자신에게 더 관심을 기울이기까지는 시간이 걸렸다. 그때부터 그는 아침마다 호수에서 수영하고, 잠을 더 많이 자고, 신뢰하는 친구들과 가까이 지내고, 삶에 기쁨을 주는 일을 찾기 시작했다. 더 의식적으로 삶을 즐기고, 더 소중하게 시간을 보내고, 더 세심하게 사랑하고, 더 천천히 키스했다.

다행스럽게도 통증은 없었지만, 병이 진행되는 리듬에 적

응해야 했다. 이 질병이 어떤 식으로 이어질지, 그의 미래에 어떤 의미를 지니게 될지 비록 몰랐으나 이만하길 만족하며 낙관적으로 지냈다. 병의 파도는 그를 덮치지 못했다. 몸에 힘과 안정감이 좀 부족하기는 했지만 그는 여전히 수영을 잘했다.

"넓은 바다는 인간이 그저 잠깐 나타났다가 금방 사라지는 물거품에 불과하다는 걸 가르쳐주죠. 누구나 물속보다 물 위에 더 오래 머물기를 원해요. 하지만 주치의와 계속 이야기하지 않았더라면 난 아마 결국 가라앉았을 거예요. 그가 적절한 때에 적절한 말을 해준 거죠. 그 말이 완전한 길을 찾기까지는 시간이 걸렸지만, 어쨌든 효과가 있었어요. 우리 가족도 마찬가지였고요. 그건 배울 수도 없고, 그 어떤 의료보험으로도 지불할 수 없는 치료법이에요. 그들은 이 세계를 현명하게 떠받치는 조용한 영웅이었어요."

나는 오랫동안 침묵했다. 모든 것에 대해 할 말이 아주 많았지만 동시에 아주 적기도 했다. 그의 삶에 감자와 책, 노란 태양만 있는 건 아니라는 사실을 깨달았다. 겉모습만 보고는 누군가의 가장 깊은 곳을 진정으로 움직이는 게 무엇인지, 그의 삶에 그늘이 어떻게 드리우는지 전혀 알 수 없다는 사실이 다시금 드러난 것이다.

무슨 말을 해야 할지 알 수 없어서 그 순간 가장 궁금한 것을 물었다. "오늘은 어떠세요?"

카를의 대답은 두 문장뿐이었다. "인생에서 이 이상 뭘 더 바랄 수 있겠어요. 지금 이대로 좋아요."

나는 이제 정말로 완벽하게 할 말을 잃었다.

우리는 천천히 몸을 일으키고 바지에 묻은 흙을 털어 낸 다음 서로를 바라봤다.

"차로 돌아가기 전에 한 가지만 더 여쭤봐도 될까요? 오늘 아무 일도 일어나지 않았더라도 병에 대해 저에게 이야기해 줬을 건가요?" 내가 물었다.

"언젠가는 틀림없이 했을 거예요. 우린 이제 친구니까요." 그가 감정이 드러나지 않는 투로 덤덤하게 답했다.

그 순간 어떤 것이 더 내 마음에 와닿았는지는 말하기 어렵다. 병에 대한 고백이었는지, 그의 우정 제안이었는지. 우리는 서서히 귀로에 들어섰다. 주차장에 도착하자 비가 내리기 시작했다. 카를이 자동차 열쇠를 나에게 건넨 다음 그동안 계속 손에서 놓지 않았던 허브를 트렁크에 넣었다. 차창을 닫으면서 그의 유머도 돌아왔다.

"사연 없는 집이 어디 있겠어요!" 그가 싱긋 웃으며 말했다. "하지만 나는 다행히 세상의 온갖 걱정을 치료하는 비장의 약을 가지고 있다고요. 그건 거의 다 생크림으로 되어 있어요."

20

농장으로 돌아왔을 때, 다림질해 베개 위에 올려 둔 잠옷처럼 포근한 하루가 우리 앞에 놓여 있었다. 오래 기다린 여름비가 내리자 공기는 신선한 흙냄새를 풍겼다. 산책 중 통증을 겪어 깊어졌던 카를의 주름도 다시 펴졌다. 전통적인 의미, 그리고 가장 좋은 의미에서 말하는 일요일의 평화였다.

카를은 나더러 차를 헛간 바로 앞에 주차해 달라고 부탁하고는 차에서 내려 말없이 사라졌다. 그리고 얼마 지나지 않아 요란한 소리를 내며 돌아왔다. 감자가 가득 담긴, 공기가 잘

통하는 오렌지색 자루를 땅에 질질 끌고 와서 유럽 너도밤나무 바로 옆에 있는 나무 벤치에 기대 놓았다. 그는 두 번 오가지 않으려고 했는지 위쪽 단추를 활짝 연 셔츠 안에 갈색 종이봉투 몇 장을 넣어 가지고 왔다.

"잠깐 내 부탁 좀 들어줄래요? 내일 아침 일찍 감자를 배달해야 하는데 이것 좀 옮겨 줘요. 큰 자루에서 작은 봉투로 옮겨 담으면 돼요. 나는 잠시 집에 들어갔다 올게요."

내가 지금까지 받은 일거리 중에서 가장 짧은 업무 지시였다. 벤치에 앉아 자루를 발 앞으로 당기고 시계를 들여다봤다. 오후 3시가 조금 안 된 시각이었다. 아내에게 저녁 6시쯤 시내에 돌아간다고 했으니 시간은 대략 맞을 것 같았다. 손에 잡히는 감자는 부드러웠고, 감자를 봉투에 담고 있자니 마음이 편안했다.

지난 주말에 내 존재가 얼마나 흔들렸는지 생각이 났다. 내가 부엌에 서 있었는데 아들이 다가왔다. 이것저것 별것 아닌 수다를 떨다가 내 어떤 변화에 대한 이야기가 나왔다. 무슨 마음에서였는지 나는 아들에게 내가 예전과 여전히 같은지 물었다.

"머리카락 얘기예요?" 아이는 질문의 의도를 잘못 해석했다.

"아니, 그냥 아빠라는 사람 말이야." 나는 조금 더 구체적으로 물었다.

아들의 대답은 솔직하고 직설적이었다. 아이들만 그렇게 할 수 있다. "그럴 리가요, 다르죠. 예전 아빠가 훨씬 더 재미있었어요!"

그 말은 아무런 준비도 안 된 나에게, 아무런 보호막이 없는 나에게 그대로 와서 부딪쳤다. 발밑에서 땅바닥이 쩍쩍 갈라졌다. 아이 말이 옳다. 뭔가를 들킨 느낌이었고, 아들 앞에서 부끄러웠다. 그걸 피하는 유일한 방법으로 질문을 하나 더 했다. "왜 좀 더 일찍 그 말을 하지 않았니?"

"어차피 아빠가 안 들을 것 같아서요. 내가 뭐라고 말해도 아빠는 늘 속으로 딴 생각을 하잖아요."

나는 속으로 휘청거렸다. "미안하다"라고 겨우 말할 수 있었다.

아들은 나를 비난하지 않았다. "아빠, 내 걱정 할 필요 없어요. 난 그냥 아빠가 안됐어요. 내 친구들은 여전히 아빠가 우리들 아빠 중에 제일 재미있다고 생각하는걸요." 그런 다음 아들은 나를 포옹했다가 놓고서 빵을 준비하러 가버렸다.

그 대화는 마음에 커다란 돌멩이처럼 놓여 있었고, 나는 그 주 내내 아내에게 그 이야기를 여러 번 했다. 안타깝게도 아내 역시 그 말이 사실임을 확인해 줬다. 딱히 해결책은 없었지만 그 주말 이후로 이런 상황이 지속되면 안 되겠다고 생각했다. 무심하고 생각이 다른 데 가 있는 아버지가 되는 것만은 정말이지 피하고 싶었다. 아이들에게 해줄 조언은 딱히 없다. 그저 옆에서 아이들을 도와주는 아버지가 되고 싶다. 부지런히 일해 아이들을 위한 아름다운 집을 짓는 건 좋은 목표지만, 사랑과 관심과 아늑함으로 지어야만 살 만한 가치가 있다.

나는 이 시골집에 앉아서 감자를 골라 담고 있다. 카를이 호숫가에서 아주 생생하게 알려준 것처럼 나에게는 스물다섯 번의 여름이 남아 있다. 가장 중요한 그 언젠가는 언제나 지금이다. 더는 시간을 낭비하지 않는 게 중요하다. 지난 이틀은 나에게 그런 확신을 주었다. 용기는 언제나 도움이 되지만 불안은 결코 도움이 되지 않는다. 카를이 그 사실을 나에게 보여주었다. 나라고 못 할 이유가 없지 않은가?

카를이 휘파람을 불면서 집에서 나왔다. 그런 속담이 있다.

학생이 배울 준비가 되면 비로소 선생이 나타난다. 그는 뭐라고 정의하기 어려운 하얀 무더기의 양쪽에 숟가락 두 개를 꽂은 커다란 그릇을 손에 들고 있었다.

그가 내 옆에 앉아 설명했다. "한 주 한 주는 소화를 시키거나 재빨리 먹어 치워야 해요. 그래야 새로운 한 주가 시작되니까요. 그래서 나는 주말마다 항상 이 의식을 치러요. 월요일부터 토요일까지, 먹다 남은 케이크를 냉장고에 보관해요. 견과류나 초콜릿케이크 또는 마블 케이크가 가장 좋은데, 일요일에 그걸 전부 작은 주사위 모양으로 썰어서 커피를 조금 넣고, 체리와 딸기 또는 나무딸기를 넣은 다음 질 좋은 생크림을 듬뿍 섞는 거예요. 말하자면 맛있는 일기장이죠. 사는 게 다 그렇듯이 이것도 어떤 때는 양이 많고 어떤 때는 적어요. 그 한 주가 어땠는지에 따라 다르죠. 맛있게 먹어요!"

그가 그릇을 우리 사이에 놓았다. 우리는 마지막 한 숟가락까지 모조리 즐겼다.

"화려한 마무리라고 말하고 싶군요. 다 먹고 나면 천천히 출발해야겠어요." 나는 곧 다가올 작별을 알렸다.

"짐작하시겠지만 나는 낮잠을 잘 거고요." 카를이 웃으며 말했다.

우리는 접시를 끝까지 긁어먹은 다음 내 자동차로 함께 갔다. 오늘 할 말은 더 이상 없었다. 우리의 우정은 숲에서 맺어졌다. 우리는 전혀 망설이지 않고 서로를 안았고, 오랫동안 그렇게 서 있었다.

"다음 주에 별장에 다시 옵니다. 오면 연락드리지요." 내가 말했다.

"꼭 그렇게 해줘요." 그가 환하게 웃으며 대답했다.

나는 천천히 운전해 집으로 향했다.

카를의 밭을 지나갈 때, 바람이 앞이 아니라 뒤에서 불어온다는 것을 깨달았다. 순풍이었다.

옮긴이 **전은경**

한국에서 역사를, 독일에서 고대 역사 및 고전문헌학을 공부했다. 출판 편집자와 박물관 직원을 거쳐 현재 독일어 전문 번역가로 활동하고 있다. 《데미안》, 《커피 우유와 소보로빵》, 《청소년을 위한 천문학 여행》, 《리스본행 야간열차》, 《언어의 무게》, 《프랭키》, 《꿈꾸는 책들의 미로》 등을 우리말로 옮겼다.

내게 남은 스물다섯 번의 계절

초판 1쇄 발행 2025년 5월 16일
초판 5쇄 발행 2025년 7월 25일

지은이 슈테판 셰퍼
옮긴이 전은경

책임편집 이상화
마케팅 이주형
기획편집 이정아, 오민정, 윤지윤

펴낸이 이정아
펴낸곳 ㈜서삼독
출판신고 2023년 10월 25일 제 2023-000261호
이메일 info@seosamdok.kr

ⓒ by Ullstein Buchverlage GmbH, Berlin.
ISBN 979-11-93904-21-3 (03850)

이 책은 저작권법에 따라 보호받는 저작물이므로 무단전재와 무단복제를 금지하며,
이 책의 내용 전부 또는 일부를 이용하려면
반드시 저작권자와 출판사의 서면동의를 받아야 합니다.
잘못된 책은 구입하신 서점에서 바꿔드립니다.
책값은 뒤표지에 있습니다.

서삼독은 작가분들의 소중한 원고를 기다립니다. 주제, 분야에 제한 없이 문을 두드려 주세요.
info@seosamdok.kr로 보내주시면 성실히 검토한 후 연락드리겠습니다.